Le livre des Rabinovitch

DU MÊME AUTEUR

De cendres et de fumées, Gallimard, 1990

L'effet cathédrale, Gallimard, 1994

Max et Minnie, Gallimard, 1997

Philippe Blasband

LE LIVRE DES RABINOVITCH

« Escales du Nord »

LE CASTOR ASTRAL

La collection « Escales du Nord »
est dirigée par Francis Dannemark et Jean-Yves Reuzeau,
avec l'aide de Réjane Peigny et de Pascal Allard.

Couverture :
Raphaël Caussimon

Collection coéditée par Le Castor Astral
et le Centre Culturel d'Anderlecht « Escale du Nord »
avec le soutien de la Communauté Française de Belgique

B.P. 11 - 33038 Bordeaux cedex (F)
ISBN 2-85920-349-4

À Déborah Kriwin et Léo Blasband

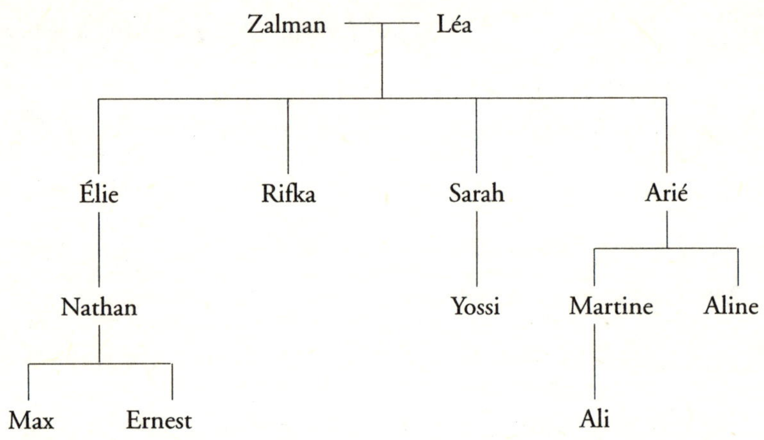
Zalman
Léa
Élie
Rifka
Sarah
Arié
Nathan
Yossi
Martine
Aline
Max
Ernest
Ali

C'est un grand livre, recouvert d'une jaquette en cuir, dans un brun clair proche du jaune. La seule inscription est gravée en caractère Helvetica sur la tranche :

LE LIVRE DES RABINOVITCH

Aucune mention n'est faite de l'auteur ou de l'imprimeur. Le brochage, l'impression et la reliure ne sont pas exempts de petites erreurs.

Les photographies qui précèdent chaque texte ont été reproduites correctement, mais sans luxe. Certaines, floues ou en partie détruites, souffrent du tramage.

Les textes sont relativement courts, d'une vingtaine de pages au maximum.

Chaque texte est écrit par un des membres de la famille Rabinovitch, mort ou vivant, à partir de Zalman et Léa Rabinovitch.

La première photo est nette, mais particulièrement difficile à déchiffrer. On la regarde longuement en se demandant : est-ce un animal ? un rocher ? une mauvaise reproduction de peinture abstraite ?

En bas de la photo, on distingue un réseau de courbes qui s'interrompent les unes les autres, anarchiquement semble-t-il ; en haut, une surface bigarrée, faite de petites ondulations noires et blanches.

Au moment où, dans cette surface bigarrée, on distingue de la fourrure, au moment où l'on comprend que cette fourrure, c'est un caftan, soudain on saisit l'image tout entière. On se demande comment jusque-là on n'avait pas encore décelé un visage dans cette photo et, dès lors, ce nez long et fin, ces yeux enfoncés, très clairs, cette bouche lippue cernée par une barbe fine, on les observe avec étonnement, parce que, maintenant, si l'on discerne le visage, on reste indécis sur son expression : est-il furieux, placide, tendu, méditatif, circonspect, rêveur, idiot ?

On a beau détailler le cliché, rien ne trahit le sentiment qui pouvait animer, au moment d'être photographié, Zalman Rabinovitch.

Au commencement, mon nom était Zalman-Isaac-Moshé Rabinovitch de Munsk. J'ai été l'un des hassids du Munsker Rebbe ; j'ai étudié le Talmud et les commentaires de Rachi ; j'ai épousé une femme, qui a engendré quatre enfants, deux garçons, je crois, et deux filles, je crois.

À présent, je ne suis plus rien.

Je vivais à Munsk, j'avais toujours vécu à Munsk, comme mon père, et son père avant lui ; mon arrière-grand-père, lui, venait de Lituanie, ou de Russie – rien n'est très sûr. Certains prétendent qu'il fuyait un pogrom, des dettes, selon d'autres qu'il fuyait sur un radeau et qu'il navigua dix jours, sans manger et sans boire – rien n'est très sûr.

Mon père, mon grand-père, et son père avant lui, étaient tailleurs, tout comme mes frères, mes oncles, mes grands-oncles. Tous les Rabinovitch étaient tailleurs. Je fus le premier à faire des études, le premier à négliger les loques pour les Livres.

Un jour, j'ai abandonné les Livres. Je me suis enfoncé dans la déchéance, comme on s'enfonce dans une femme.

C'était une idée, un soir de décembre, juste une idée, mais une idée que je sentais présente en moi et aussi tangible que le froid qui me mordait les joues, aussi concrète que la lumière feutrée des lampes à pétrole, dans les maisons – pourtant, me direz-vous, ce n'était qu'une idée, mais une idée avec un goût, une idée que l'on pouvait croquer, mâcher, prendre en main, caresser, malaxer ! Et cette idée, je vais vous la raconter !

Bouchez les oreilles des enfants ! Fermez les yeux ! Cette idée vous brûlera le ventre comme elle m'a brûlé la tête !

Cette idée, la voici :

Il n'y a rien.

Le Tout-Puissant n'est pas tout-puissant.

Le Tout-Puissant n'est rien.

Il n'existe pas.

Le Tsaddik mentait. Les mitzvot mentaient. Le Livre et ses Commentaires étaient mensonges.

Je tombais au sol. Et la neige me recouvrait. Je n'y prêtais aucune attention. J'étais furieux.

Avec une idée pareille, une idée si chaude et si froide à la fois, tout devenait possible ! Rien ne pouvait plus me freiner ! Je devins un porc, avec joie ! Félicité ! Je pris tout l'argent que m'avait laissé mon père, l'argent qu'avaient rassemblé mes oncles et mes frères pour que je puisse étudier et nourrir ma famille, et je le dépensai !... J'allais d'auberge en auberge, tout autour de Munsk. Je connus l'ivresse de l'alcool, jusqu'au vomi. Je connus les mauvaises femmes, et leurs corps, et les maladies que cachaient leurs cuisses, et, quand j'urinais, ces maladies me broyaient la verge.

Parfois, un autre hassid, ou un frère, ou un oncle, faisait le tour des auberges jusqu'à me retrouver, parmi les soldats ivres, les paysans assoupis, les voyageurs. Il venait à moi, digne et vertueux, pour me dire : « Reviens, Zalman, reviens à tes études, à ta famille, reviens à ta femme. » J'éclatais de rire, lui assénais des cris, le maculais d'insultes, et il sortait, en pleurs, et j'aimais le voir en pleurs !

En six mois, j'avais dépensé les trois quarts de l'argent. J'allais dépenser le dernier quart jusqu'à la lie, jusqu'à cette déchéance si totale qu'elle se confond avec la mort... Quand l'Ange du Tout-Puissant vint à ma rencontre.

L'Ange était déguisé dans des vêtements de paysan, mais nulle trace de boue ne crottait le bas de son pantalon. Il était plus grand que moi, tellement grand que, pour ne pas toucher le plafond de l'auberge, il devait courber la nuque. Ses cheveux bouclés et blonds formaient une auréole autour de son visage. Ses yeux sombres, brillants, me scrutaient furieusement. Il portait une tache rouge sur le front.

Cela se passait dans une taverne, à l'entrée de Munsk, à l'est, après les champs. J'avais bu une bouteille ou deux de vodka, vomi un ou deux seaux, et je me balançais, les mains posées à plat sur la table, les doigts écarquillés, en essayant de me rappeler quoi, comment, où, pourquoi ? L'Ange s'assit en face de moi. Il me demanda :

« Tu es Zalman Rabinovitch ?

– On m'appelait ainsi... »

Et je vis ses yeux sombres enfoncés dans leurs orbites et ses yeux brillaient d'une beauté inhabituelle et je compris qu'il était l'Ange du Tout-Puissant, car l'Éternel l'avait envoyé pour me dire : « J'existe, Zalman Rabinovitch ! Ma parole est Bonté ! » Et l'Ange du Tout-Puissant me prit par le col, me souleva de la chaise, approcha ma tête de la sienne, et je pus renifler son haleine divine.

« Tu es une larve, Zalman Rabinovitch !

– Oui, je suis une larve !

– Tu es un chien !

– Un chien !

– Un lâche !

– Mille fois un lâche ! »

Et il me dit : « Les paysans se rassemblent ! Il va y avoir un pogrom ! Préviens les Juifs !

– Oui ! criai-je.

– Préviens ta femme et pousse-la à fuir avec ses enfants !

– OUI ! » hurlai-je.

Et je sortis de l'auberge, et je fus Fureur ! Je fus Panique ! Et dans les petites rues juives de Munsk, là où les rues cessent d'être droites, là où les maisons se mettent à grimper la butte, je hurlai : « Pogrom ! Pogrom ! » mais les Juifs me croyaient soûl et riaient de moi, et les morveux à papillotes me faisaient des croche-pieds et les mégères grasses me lançaient des insultes et, à travers les larmes, je parvins à ce qui avait été ma maison, à la limite de Munsk, avant la forêt. J'entrai.

À l'intérieur vivaient une femme et trois enfants. Je ne les reconnus pas, mais c'étaient eux. Et la femme était grosse et les enfants sales, et tous me regardaient. Il y eut un long silence ; il y eut, au loin, des fracas et des cris.

Par la fenêtre, on voyait la pente de Munsk, déjà couverte de fumées noires.

« Fuyez, leur ai-je dit. C'est un pogrom.

– Que fais-tu là ? » a demandé la femme.

Je ne l'ai pas regardée, ni n'ai regardé les trois enfants qui l'entouraient. J'ai regardé le sol et je leur ai répété de s'enfuir. Quelqu'un (une voix de fille, je crois) a dit : « Et le pogrom ? » Et j'ai répondu : « Je les retiendrai. » Car l'Ange était à mes côtés. Car l'Ange guidait mes mains et ma bouche. Car ses ailes me couvraient et ses griffes traversaient mon crâne pour atteindre mon âme et commander mes gestes. Je ne pouvais qu'obéir.

La femme et les trois enfants sortirent pour s'enfoncer dans la forêt. Quand les paysans sont entrés dans la maison (bouches avides de sang, rires gras, odeurs d'alcool), je les ai retenus.

Certains ont prétendu m'avoir tué. Mais j'avais l'Ange avec moi.

Ce qu'ils m'ont fait, je ne pourrais l'expliquer.

Et depuis, je n'existe plus.

Plus rien n'existe, désormais.

C'est une photo carrée, au grain très fin, malheureusement un peu floue. Une vieille dame assez forte s'y tient le plus droit possible, devant un papier mural fleuri. Elle a croisé les mains sur son ventre. Elle tente d'être digne et sévère, de nous foudroyer de sa colère, à travers l'objectif de l'appareil photographique, à travers les années. Mais elle ne dégage qu'une impression de tristesse sans borne.

Mon nom est Léa Rabinovitch. Cela fait des années que plus personne n'a prononcé mon prénom. Pourtant, quand j'étais petite, dans la maison de mon père, souvent je l'entendais. « Léa ! Léa ! Léa ! Léa ! », m'appelait-on à tout bout de champ, parfois pour rien. J'étais Léa, rien d'autre que Léa, une petite fille menue qui portait des jupes claires, laissait ses cheveux couler le long de son visage, aimait chanter des airs en yiddish.

Au moment où j'ai cessé d'être fille, au moment où mon mari de moi a fait sa femme, violemment, en même temps, j'ai cessé d'être Léa et je suis devenue « madame », puis « maman ». Quand on parlait de moi à Munsk, on m'appelait aussi « la femme de Zalman-le-hassid » ou, plus tard, « la femme de Zalman-le-fou », et on secouait la tête, avec une moue écœurée. À Bruxelles, les dernières années de ma vie, j'ai juste été rien d'autre que « Madame Rabinovitch ». C'est d'ailleurs ce qui est écrit sur ma tombe, MADAME RABINOVITCH, sans même de prénom, parce que mes enfants ne connaissaient pas mon prénom, ils ne l'avaient jamais appris, ce qui m'attriste, sans que je parvienne à me révolter. Ma révolte s'est tue. Zalman Rabinovitch l'a détruite. Il l'a prise, comme il a pris mon corps. Violemment.

Je pleurais depuis trois jours et j'avais les yeux rouges. « Tu vas te marier avec lui ! » hurlait mon père. « Tu devrais être fière ! Je t'ai trouvé un érudit ! un sage ! un hassid ! » – et mon père, que j'avais déjà vu rouge de honte ou de fierté, rouge de tristesse ou de joie, pour la première fois, je le vis rouge de rage, et c'était le rouge le plus vif, le plus brillant que pouvait produire sa peau. Non, je ne voulais pas me marier avec Zalman Rabinovitch mais, pourtant, à la fête, j'étais si belle dans ma robe blanche, entourée par tant de joie et de cris et de pleurs de joie que, quand Zalman et moi nous tenions le foulard, juchés sur les chaises en l'air, soudain, je me sentis fière et heureuse – sotte que j'étais ! – et, sur le moment, je croyais même l'aimer, ce hassid voûté, aux yeux transparents, jeune et déjà chauve, je croyais que j'allais vivre heureuse avec lui – sotte que j'étais : je n'ai pas vécu avec Zalman Rabinovitch, j'ai vécu à côté de lui. J'étais un objet parmi d'autres objets.

Zalman Rabinovitch n'était pas méchant. Il était bête. Il avait beau avoir lu tous ces livres, en yiddish et en hébreu, il était resté bête. Quand j'entends dire que les juifs sont plus intelligents que les goïs, je pense à lui : Zalman avait toutes les peines du monde à franchir une porte sans se heurter aux chambranles ; chaque soir, il devait réapprendre comment fonctionnait un lit, comment se glisser sous les couvertures, comment se coucher, comment s'endormir ; il était presque incapable d'uriner ou de déféquer proprement dans une toilette : Zalman Rabinovitch était tout entier pris par son Tsaddik et ses livres, bien plus que son pauvre cerveau ne pouvait contenir.

Aujourd'hui, je ne lui en veux plus. Je lui dois la vie et celle de nos enfants. Il a retenu les paysans.

Je me rappelle son hurlement quand ils l'ont tué. Ce hurlement est inscrit si précisément dans ma mémoire que j'ai l'impression de l'entendre de nouveau, comme si, par ma haine pour lui, c'était moi qui l'assassinais de nouveau. Tout mon corps devient douloureux. Mon ventre se noue. Je chancelle.

Quand j'avais quatre ou cinq ans, mon père me chantait une comptine en me faisant sauter sur ses genoux. Je ne me rappelle plus exactement les paroles, mais si jamais j'en entendais l'air, je suis sûre que les mots reviendraient et se remettraient à leur place dans ma tête.

C'était une suite de questions et de réponses : « que fait la vache ? disait la comptine ; elle mange l'herbe et elle fabrique du lait. Que fait le cheval ? il tire le chariot et la charrue ; et cetera. Et cela finissait par : que fait la femme ? elle fait des enfants. » « Et je demandais à mon père : pourquoi la femme doit-elle faire des enfants ? pourquoi ne peut-elle pas étudier ou travailler, comme l'homme ? » Mon père souriait, sa face devenait toute rouge : nez cramoisi, joues écarlates, lèvres vermillon, et il me répondait :

« Le pauvre homme, il ne peut pas faire d'enfants ! Alors il se console, en lisant la Torah et en gagnant de l'argent, il fait son sérieux, son important, mais tout cela, c'est pour oublier qu'il ne sert à rien ! La personne qui fait vraiment quelque chose, parce qu'elle obéit à la première des mitzvot, la plus importante des mitzvot, c'est la femme ! C'est elle qui les fabrique, c'est elle qui leur donne la vie, c'est elle qui les éduque. »

À l'époque, je ne comprenais pas ce que disait mon père. Je ne voyais pas exactement ce que ma mère avait dû faire pour m'éduquer. Je m'étais éduquée toute seule, sans effort. J'étais née toute seule, de moi-même, un beau matin.

Évidemment, si je fais le compte de ma vie, maintenant qu'elle est terminée, ce que je vois, ce sont mes quatre enfants, leurs visages, leurs démarches, leurs rires – mais aussi leurs premiers cris, leurs premiers mots – mais aussi leurs colères, leurs grimaces, leurs défauts – et les moments où, excédée, je les ai haïs – tant de choses...

« OI WEISE MIE ! QU'EST-CE QU'IL M'ARRIVE ? » ai-je hurlé, et la sage-femme, énorme et blême et humide de sueur, comme si c'était elle qui accouchait, la sage-femme a ri : « Tu accouches, ma fille ! Comme des millions de femmes avant toi ! » Après des heures où j'ai hurlé, la douleur soudain s'est évanouie, un cri m'a déchiré le tympan et la sage-femme m'a montré un petit têtard violacé en le portant au-dessus de sa tête comme un trophée. Ce têtard a crié en froissant sa petite face. On m'a dit que c'était mon fils. Je n'ai pas voulu la croire : quoi ? cela ? un enfant ? mon fils ? Le têtard a ouvert des yeux bleus clairs et tout de suite il m'a reconnue.

Au début, je ne savais pas comment m'occuper de lui. Les femmes, n'importe lesquelles, voisines, grandes sœurs, amies, les femmes m'apprirent à nourrir un bébé, et à le langer, et à l'aimer. Un jour, Élie m'a souri. Il ne ressemblait plus à un têtard.

Mon mari berçait le bébé, il le chatouillait et parfois même le lançait en l'air. J'étais heureuse de le voir si attentionné. Puis, je remarquais des détails : Zalman répétait toujours les mêmes sons pour gazouiller : « Bo-bou-bou-bi-gou » (sons qu'il allait réutiliser inlassablement pour les bébés suivants). Quand il faisait sauter le bébé en l'air, c'était toujours quatre fois – jamais trois ou cinq, non : quatre. Dès qu'il avait joué dix minutes avec Élie, il s'en désintéressait pour retourner à ses livres.

Zalman Rabinovitch n'aimait pas les enfants. Il se contentait de copier les autres pères.

Élie, même bébé, n'était pas dupe. Il ne riait pas quand son père jouait avec lui. Il le scrutait, avec un visage incrédule. Les filles, elles, ne comprirent pas tout de suite que leur père ne les aimait pas, qu'il n'aimait personne, qu'il était incapable d'amour. Oh, elles le sentaient distant, mais cela restait un sentiment trouble, enfoui dans leurs petits corps, sentiment qui allait en sortir, pour les frapper, les laisser atterrées, quand mon mari nous quitta et se soûla dans les tavernes des alentours de Munsk.

Les gosses du quartier se mirent alors à houspiller mes enfants – je devais sortir, crier sur ces voyous, puis me disputer avec leurs mères – et le seul à ne pas être étonné, c'était Élie. Élie n'avait aucune naïveté.

Les genoux d'Élie se courbaient vers l'intérieur. Ses jambes étaient si fines que j'en étais émue aux larmes. Je cachais ces larmes.

Élie classait toujours sa nourriture avant de la manger. Il mettait d'un côté les pommes de terre, de l'autre les légumes et au centre la viande (quand il y en avait). Ensuite, il traçait entre les aliments des lignes, comme des avenues. Et alors seulement, il mangeait, en prenant soin de ne pas perturber la disposition de son assiette : après chaque bouchée, il en rectifiait la géographie, la corrigeait, jusqu'à ce que les frontières soient de nouveau strictement droites.

Dans notre fuite du shtetl, c'est Élie qui nous guidait. Sans élever la voix, il nous disait de nous arrêter, de nous cacher, ou de reprendre le chemin. Il avait juste quatorze ans, ou douze, ou dix, je ne sais plus, mais ne s'énervait jamais, ne paniquait pas, prenait son temps pour réfléchir posément. Il gardait une voix égale. Nous lui obéissions. Sans lui, nous aurions sans doute fui de façon anarchique.

Pour moi, Élie, c'est toujours un enfant. Quand je pensais à lui, même à Bruxelles, à la fin de ma vie, alors qu'il avait dépassé les vingt ans, je ne m'en rappelais qu'avec un corps d'enfant, un visage d'enfant. Un jour, j'étais en train de recoudre des boutons, quand il entra dans le salon. Il portait un costume neuf et un long imperméable. Il tourna sur lui-même, en souriant. « Comment me trouves-tu, maman ? » Je restai un moment bouche bée : d'où tenait-il ces vêtements ? Quand avait-il eu le temps d'autant grandir ? Quand étaient-ils apparus, tous ces poils sur ses bras ?

Comme il parlait l'allemand et le polonais, il avait trouvé, dans une entreprise qui fabriquait du verre, une place de représentant pour l'Allemagne, l'Autriche, la Suisse et la Pologne.

« La Pologne ! dis-je avec un sursaut. Mais tu es juif !

– Ils ne s'en apercevront pas ! » répondit-il.

Il avait raison : il était blond, mince, se tenait droit et avait hérité des cheveux clairs de son père, mais sans sa calvitie.

Quand il revenait d'un de ses voyages, Élie ramenait toujours un cadeau, une bouteille de vin, des délicatesses viennoises, un stylo pour Arié, du tissu pour Sarah, des cigarettes. Je n'osais pas lui demander d'où provenaient ces cadeaux. J'avais peur pour lui, mon fils, mon petit, qui partait dans tous ces pays où l'on déteste les Juifs.

Élie était un grand frère attentionné. Il aidait ses sœurs à faire leurs devoirs, leur racontait des histoires pour les endormir, leur coupait la viande et, si on les menaçait, n'hésitait pas à se battre. Élie se battait souvent. Une fois, je le vis faire : il rentrait de l'école et une troupe de vauriens (certains étaient même des élèves du rabbi, dans leur habits d'études !) l'avait entouré pour lui lancer des quolibets. Il continuait à marcher, indifférent, sans même presser le pas. Après vingt mètres, il explosa. Il lança ses poings de tous les côtés. Les enfants s'éparpillèrent. Ceux qui n'étaient pas assez rapides recevaient des coups et tombaient au sol.

Un jour, aussi, il prit un couteau de cuisine et partit à la recherche de son père, dans les auberges. Un des aubergistes, qui nous connaissait vaguement, saisit le garçon au collet, le mit sous son bras comme un sac de patates et nous le ramena. Élie se démenait et frappait la croupe de l'aubergiste, mais l'autre, un grand gaillard un peu idiot, très pieux, ne semblait pas s'en apercevoir. Il laissa tomber Élie sur le sol. Il me donna le couteau. Il me raconta qu'Élie était entré dans son auberge en hurlant : « OÙ EST MON PÈRE ? »

Élie tremblait de colère. Je le giflai. Je lui demandai ce qu'il comptait faire avec ce couteau. « LE TUER ! » cria-t-il, si fort que je sursautai. Je le fessai et lui dis que jamais, jamais plus, il ne devait penser faire une chose pareille ! (Pourtant, je l'aurais bien tué moi-même, son père.)

Élie bouda plus d'une semaine. Il était comique quand il boudait : il croisait les bras sur la poitrine, fronçait les sourcils et respirait en faisant gonfler sa cage thoracique. Si vous souriiez ou vous moquiez de lui, il maugréait : « C'est pas drôle... » Mais je ne vous décris que les défauts d'Élie, alors que c'était un garçon plein de qualités ! Un débrouillard ! À Bruxelles, après six mois, il parlait déjà français et flamand – oh, pas parfaitement, il baragouinait, mais chaque jour, il apprenait de nouveaux mots, s'efforçait de lire les noms de rues, les devantures, les avis, parlait de plus en plus vite, de plus en plus facilement. En moins d'une semaine, il s'était déjà fait des amis, et pas seulement des Juifs. On se sentait attiré par Élie. C'était un séducteur – sauf avec les femmes : quand une femme lui plaisait, il se mettait à bégayer. Ses sœurs lui présentaient leurs amies, il les trouvait toutes à son goût, c'était un cœur d'artichaut, mais il rougissait comme un coquelicot, devenait maladroit, jusqu'à dégager une impression bizarre et désagréable – mais, de nouveau, je vous parle de ses défauts !...

Élie était celui qui rassemblait la famille. Il donnait de l'argent à ses frères et sœurs quand ils en avaient besoin. Il leur prodiguait des conseils, leur trouvait du travail, les aiguillait. Ils pouvaient toujours compter sur lui. Élie ne se faisait pas prier.

Grâce à lui, je sais qu'après ma mort, mes enfants resteront ensemble et se soutiendront, comme ils l'ont fait de mon vivant.

La naissance de Rifkele me parut tellement facile que j'en restai étonnée. J'avais mal, mais tellement peu comparé à mon premier accouchement que je me disais : quoi ? C'est un accouchement ? Ça ?

Rifkele croyait à la bonté des gens. Souvent, elle se retrouvait déçue et elle pleurait. Il suffisait que les autres enfants la menacent, ou même simplement la taquinent, pour qu'elle tombe en larmes. Parfois, elle avait peur de sortir de la maison ; elle restait dans mes jupes pendant des jours.

Rifkele fut, dès le départ, jalouse de Sarah. Un jour, alors que sa sœur n'était encore qu'un bébé et que je la nourrissais au sein, Rifkele me demanda : « Pourquoi y a-t-il une autre fille ? Moi, je ne suffis pas ? » Et elle se mit à pleurer.

Sarah sentit très vite que sa sœur avait peur d'elle. Elle en tirait parti. Elle la manœuvrait, lui faisait du chantage, la taquinait cruellement. Parfois, Rifkele, excédée, finissait par pincer sa petite sœur. Sarah se mettait alors à hurler jusqu'à ce que quelqu'un arrive. Elle accusait Rifkele, tellement vite et tellement fort que celle-ci semblait toujours coupable et recevait une punition. Même moi, je me laissais prendre.

Quand Zalman nous abandonna, Rifkele devint irrémédiablement triste. Sortir de la maison, chaque matin, était pour elle un exploit. Des cauchemars la réveillaient, en pleine nuit, et elle ne parvenait pas à se rendormir. Cela ne changea que vers douze ou treize ou quatorze ans, à l'époque où j'hébergeais le jeune communiste à la tache sur le front. Ils se voyaient en cachette, mais tellement souvent que je finis par le remarquer. J'aurais dû les séparer, gifler Rifkele, jeter ce jeune communiste à la porte. Je ne le fis pas. Rifkele, pour une fois, semblait heureuse. Il lui parlait, lui redonnait confiance, lui transmettait le communisme, car c'est une maladie infectieuse, comme la gale ou le choléra, ce maudit communisme.

Maintenant encore, je me demande : pourquoi l'ai-je accepté chez moi, ce communiste ? Quand Zeboulon, le frère de Zalman, m'avait demandé de l'héberger, j'aurais dû refuser sur-le-champ. Mais Zeboulon nous donnait de l'argent. Nous ne survivions que grâce à lui.

J'étais allée au marché acheter du chou pour le repas du soir. En rentrant, je passais toujours devant l'atelier où travaillait Zeboulon. Il me vit par la fenêtre, me héla. Je voulus entrer dans l'atelier mais il en sortait déjà, me prenait par le poignet, m'entraînait vers sa chambre : « Viens, belle-sœur, j'ai quelque chose à te demander. »

Sa chambre n'était qu'une petite pièce, derrière les entrepôts. Ses patrons, les frères Ashkenazi, la lui louaient pour presque rien. Les lattes de bois qui faisaient office de murs étaient tellement mal jointes que l'air entrait en sifflant par les interstices. Rien que de l'entendre, ce sifflement aigu vous donnait la chair de poule. Le plafond, trop bas, vous obligeait à vous courber pour éviter les poutres. Cette chambre était trop exiguë pour y vivre, elle aurait dû servir de remise ou de débarras. Pourtant, Zeboulon avait réussi à en faire une pièce accueillante, propre, presque coquette, avec des rideaux fleuris et des petites gravures qu'il avait encadrées lui-même, avec des bouts de bois disparates. Dans un coin, courbé dans l'ombre, se tenait un homme sale et blond. Ses vêtements étaient usés, tachés, déchirés par endroit, mais c'étaient des vêtements de ville. Cet homme n'était pas un Juif. Il me regardait avec frayeur.

L'inconnu et moi, nous nous jaugions, pas hostiles, mais sur nos gardes, comme un renard et une belette qui tombent nez à nez dans une clairière.

Zeboulon m'expliqua que c'était un communiste, recherché pour activisme politique et qu'il tentait d'échapper à la prison. « Cache-le », demanda-t-il. Je sursautai. Le jeune homme se crispa comme s'il avait peur que je lui saute dessus et que je le frappe.

« Mais c'est un goï ! Et j'ai déjà assez de problèmes comme cela ! J'ai trois enfants ! Pas d'argent ! Tout le shtetl me méprise !

– Justement, répondit Zeboulon, très bas, presque en murmurant. « Si toi tu ne le caches pas, qui va le cacher ? »

Et je regardai Zeboulon, je regardai sa petite face de rat, parce qu'il n'avait presque pas de mâchoire inférieure, ses yeux étaient globuleux et divergents, mais il souriait avec une telle douceur que cela donnait à son visage quelque chose d'angélique. Je me rendis compte que c'était lui que j'aurais dû épouser, et pas son frère, l'érudit crétin.

J'avais mille raisons de ne pas cacher ce communiste chez moi. Je regrette en partie de l'avoir fait : il a eu une influence sur Rifkele. Une bonne influence ? Une mauvaise influence ? Je ne sais pas. De toute façon, cette influence me fait peur : c'était un goï, après tout, ce communiste.

Je les écoutais parler en cachette, sans les comprendre – c'était du polonais – et, en regardant ses yeux à lui, des yeux verts qui brillaient de ferveur, je me rendis compte que ma Rifkele était devenue une petite femme. Oh, je ne m'inquiétais pas trop de ce jeune communiste, il n'était pas juif et elle ne pensait certainement pas encore à ces choses-là, ma petite Rifkele, naïve, craintive, timide, ignorant tout de la cruauté et de la violence des hommes ! Mais, à Bruxelles, Rifkele se trouva d'autres amis communistes et ceux-là me faisaient bien plus peur, ils étaient tous juifs, eux, des garçons sympathiques, qui venaient chez nous en bande, avec d'autres jeunes filles, et tous ces jeunes gens m'aimaient bien, nous riions souvent ensemble, mais certains de ces beaux parleurs qui voulaient changer le monde regardaient ma Rifkele avec des yeux gourmands, comme si elle avait été un gâteau au pavot ! Sous leurs petits costumes se cachaient des corps d'hommes, prêts à posséder, violemment, le corps de ma pauvre fille ! Je sais qu'il faudra bien qu'un jour ou l'autre Rifkele se marie et connaisse un homme, mais ceux-là, c'étaient des idéalistes ! Des poètes ! Des shlemils ! Des ouvriers et, bizarrement, fiers de l'être ! Comment peut-on être fier d'être ouvrier ? Pas ce que j'appellerais de beaux partis pour ma fille !...

Mais le communisme, Lénine, Marx, Staline, tout cela, j'en suis sûre, ce ne sont que des enfantillages : un jour, ma petite Rifkele trouvera un mari, pas un Rotschild, mais un homme qui pourra subvenir aux besoins de sa famille. Un mensch. Un choleviek.

Non, de tous mes enfants, celle qui m'inquiète le plus, celle qui me fait le plus peur, parce que je ne sais jamais ce qu'elle va encore inventer, c'est Sarah. Souvent je me demande : d'où nous a été imposé tant de beauté ? Qu'avons-nous fait pour mériter pareille malédiction ? Car une fille jolie, c'est bien – mais la beauté, est-ce vraiment nécessaire ? N'est-ce pas un handicap, comme un pied bot, une surdité, ou une bosse ?

Enfant, en Pologne, Sarah était adorable, mais vilaine. Elle avait le visage mou, tiré vers le bas, et le corps trapu. Elle se plaignait tout le temps de la faim. J'en étais souvent réduite à ne préparer, comme repas du soir, que quelques pommes de terre fibreuses et une soupe très claire, presque de l'eau, vaguement teintée par un vieux cou de poulet. Sarah me demandait alors, de sa voix menue : « Quand est-ce que nous pourrons manger du bœuf ? du bortsch ? du tchou-lent ? des gâteaux ? des galettes de maïs ? » Elle énumérait tous ces aliments sans me laisser le temps de répondre. Cela faisait rire Élie, qui lui suggérait d'autres plats : « Un chou farci peut-être ? » Ah oui, disait-elle, très sérieuse, et elle rajoutait le chou farci à sa litanie. J'étais proche des larmes mais je le cachais. Je me forçais à sourire avec Élie.

Bruxelles transforma Sarah en peste. D'abord, elle décida un jour qu'on devait l'appeler « Sarah », et non plus Sarahle, comme avant. « Cela fait plus distingué ! » expliquait-elle. Comme Rifkele était communiste, Sarah devint sioniste – juste pour contrarier sa sœur, j'en suis sûre. Cela provoquait des disputes, soi-disant politiques, auxquelles je ne comprenais pas grand-chose parce qu'elles truffaient leur yiddish de mots français, mais, croyez-moi, ce n'était rien d'autre que deux fillettes jalouses qui se crêpaient le chignon !

À l'adolescence, Sarah commença à avoir des prétendants, des adolescents, mais aussi des hommes, et pas seulement des juifs : l'épicier, un veuf flamand à la quarantaine bien sonnée, ne cessait de lui faire des œillades ! Sarah, heureusement, était d'un abord plus difficile que Rifkele : quand elle s'apercevait qu'elle plaisait à un homme, elle en devenait glaciale et parfois même insultante.

Un jeudi après-midi, un jeune homme très élégant vint sonner à la maison. C'était un dirigeant sioniste fort en vue, le plus jeune fils d'une grande famille de commerçants. Il se présenta comme un ami de Sarah. Arié le fit entrer. À l'intérieur, il se mit soudain à pleurer comme une femmelette. Il marchait de long en large, en répétant : « Je l'aime, votre fille, donnez-la-moi en mariage, et je serai l'homme le plus heureux du monde ! Je l'aime, votre fille, etc. »

(Moi, je ne savais même pas que ce fût possible, des amoureux comme cela ! Je croyais qu'on ne les trouvait que dans les chansons et les livres...)

Sarah, en rentrant, trouva le jeune homme dans le salon et ne parut même pas étonnée. Elle lui donna sèchement l'ordre de déguerpir ; il voulut ajouter une phrase, un mot ; elle l'agonit de moqueries cruelles. Il se laissait insulter, immobile, le regard dans le vague. Dans un sursaut de fierté, il sortit. Sarah se tourna vers moi. Elle éclata de rire.

Le seul avec lequel Sarah se sentait à l'aise, c'était ce jeune Yèke qui nous avait aidés, à notre arrivée à Bruxelles. Il pouvait même toucher Sarah sans qu'elle ne s'esquive. Mais il ne la touchait que pour la chatouiller, pour jouer avec elle, sans être troublé par sa beauté. Il la considérait comme une petite fille, ce qu'elle était encore, en fait, malgré son corps de femme.

En fuyant Munsk, j'étais déjà enceinte d'Arié. Je ne m'en apercevais qu'à peine. J'avais vécu la majeure partie de ma vie enceinte. On s'y habitue comme à un bruit continu.

Nous avions pris le train pour Varsovie, où mon grand frère vendait des articles de mercerie. Il me donna de l'argent. Nous reprîmes le train : j'avais un autre frère, à Chicago, et je comptais trouver un bateau, à Anvers, pour l'Amérique.

J'étais sûre que l'enfant que j'avais dans mon ventre serait un garçon. J'espérais que mon dernier fils naisse en Amérique. En arrivant en vue de Bruxelles, je sentis les contractions s'accélérer, se faire plus fortes, traverser tout mon corps, et je dis : « Je vais accoucher. »

Il y eut un moment suspendu. En même temps, Rifkele et Sarah criaient, s'énervaient, se disputaient. Sarah se levait et s'asseyait tour à tour, comme si cela servait à quelque chose. Elle voulait appeler le contrôleur et Rifkele, ne pas l'appeler.

Élie resta calme. Il dit : « Descendons à la prochaine ville. »

À Bruxelles, nous ne savions où aller, nous marchions, droit devant nous. Les gens nous regardaient avec étonnement. J'avais l'impression qu'ils devinaient tous que nous étions juifs, de Pologne.

Un policier s'approcha à grands pas. Il se mit à parler français, puis flamand, nous lançant des syllabes gutturales qui nous terrorisaient, jusqu'à ce que Rifkele saisisse le mot « hôpital » – « Il veut t'emmener à l'hôpital ! »

Le policier arrêta une carriole à moitié remplie de pommes, certaines pourries. (Depuis, l'odeur des pommes me donne des vertiges et des haut-le-cœur.) Il me hissa à l'arrière.

Le paysan qui conduisait la carriole frappa le flanc de son gros cheval avec un bâton. La carriole s'ébranla et roula à toute allure dans les rues tortueuses de cette ville que nous ne connaissions pas encore. Les contractions se rapprochaient, de plus en plus fortes. Les enfants me regardaient avec frayeur.

Arié naquit à l'hôpital Saint-Pierre, le 3 avril 1923. Je ne me rappelle plus très bien l'accouchement mais, quand je vis ce petit-là (il était encore plus petit qu'Élie, plus petit même que Rifkele, c'était le plus petit de mes bébés), quand je le vis, je fus à la fois heureuse et triste : j'arrivais au dernier de mes enfants. J'avais terminé mon travail. Je me rapprochais du terme de ma vie.

À l'hôpital, Élie rencontra un juif très élégant, qui était venu pour se faire opérer du ventre et qui parlait yiddish avec un accent étrange – l'accent qui, plus tard, serait celui d'Arié, avec des « r » durs, et une voix presque blanche, sans intonation, sans ces sursauts aigus, produits par le nez, qui font, pour moi, tout le sel du yiddish.

Le juif nous conduisit à un logement, une petite pièce déjà partagée par deux familles, l'une de Bessarabie, l'autre de Lodz. Ce ne fut que temporaire : Élie trouva du travail en trichant sur son âge et nous déménageâmes dans un appartement, rue du Monténégro, à Saint-Gilles.

Arié grandissait, devenait un petit garçon, puis un adolescent. Jusque-là, je n'avais pas eu le temps de regarder mes enfants grandir. Arié, je pus l'observer, jour après jour, le voir s'affiner, se fortifier. Je lui parlais pendant des heures, bien plus que je n'avais parlé à mes autres enfants. Parfois, il me posait des questions étranges : pourquoi l'eau coule-t-elle ? Pourquoi certains hommes deviennent-ils chauves ? Pourquoi les enfants sont-ils plus petits que les adultes ? Qu'est-ce qu'un juif ? Je lui répondais que je ne savais pas mais que lui ferait des études et qu'il découvrirait les réponses à toutes ces questions. Il me regardait alors avec une mine très grave. Son visage fin m'émouvait jusqu'aux larmes.

J'ai parfois l'impression qu'Arié était trop doux pour ce monde. Comment un garçon pareil aurait-il pu vivre en Pologne ? Les autres, ils étaient capables de hargne et savaient se battre, même les filles – mais Arié !... Je prie que rien ne lui arrive. Parce que, malgré son accent français, malgré ses traits délicats, malgré son corps droit et grand, Arié est un juif. Et tout peut arriver aux juifs, un jour ou l'autre.

La sévérité du visage est accentuée par un sourire glacé. Les lèvres larges et boudeuses lui mangent le bas de la face. Son nez est long mais ne se recourbe pas vers le bas comme dans une caricature antisémite. Ses yeux, très clairs, sans doute bleus, sont surmontés de gros sourcils foisonnants et d'un front immense et plissé.

On devine, au grain, que cette photo-ci est un agrandissement, sans doute à partir d'un portrait de groupe. (Pour une raison inconnue, ou simplement par malchance, il n'existe que très peu de photos d'Élie Rabinovitch.)

Mon nom est Élie Rabinovitch. Je présume que j'atteins

LE TERME DE MA VIE.

Je suis couché sur un lit. J'entends autour de moi un brouhaha brumeux. Je distingue des mots. Le mot « bleu », par exemple, revient souvent, et la syllabe « la », ou « lo », prononcée par une voix de femme.

Je sens les croûtes sur mes lèvres sèches. Mes yeux sont chassieux et, toutes les deux ou trois heures, une infirmière les lave avec un morceau de tissu humide.

C'est donc cela, mourir. C'est moins triste que je ne le croyais, mais plus long et plus douloureux.

Parfois, j'ouvre les yeux et je distingue des visages. Parfois, je garde les yeux fermés et je rêve des visages. Je ne suis jamais très sûr si mes yeux sont ouverts ou fermés.

Ce ne sont que des visages familiers que j'ai vus vieillir et que je connais mieux que le mien. Mais il me faut toujours un temps pour les reconnaître.

Que vont-ils devenir, quand je ne serai plus là ? Comment vont-ils évoluer ? À quoi ressembleront leurs enfants ? Je ne connaîtrai jamais la fin de l'histoire.

Je perçois leur douleur tout autour de moi, comme un gaz qui m'entoure et me caresse. Je sens la douleur de mon fils –

tiens ? Nati peut donc éprouver un sentiment, exprimer ce sentiment !... Cela m'étonne. Cela teinte ma tristesse d'un peu de joie.

J'ai toujours eu des rapports difficiles avec Nati. Sans doute ai-je fait, avec lui, tout ce qu'il ne fallait pas faire, et Nati est devenu tout ce que je ne voulais pas qu'il devienne : sérieux, triste, incapable d'extérioriser ses sentiments, incapable de les vivre.

Pourtant, jusqu'à ses six ans, c'était un enfant joyeux. Nous passions de longs moments ensemble et je lui racontais des histoires sans queue ni tête, avec des animaux bavards, des dragons endormis, des fées délurées et, comme protagonistes, des jeunes garçons héroïques qui s'appelaient invariablement Nathan. Je trouvais important de l'encourager, de lui donner une image positive de lui-même, de nourrir son surmoi. Un enfant de cet âge ne supporte pas la critique. La vie aura bien le temps, plus tard, de le corriger, cruellement, quand il fera des erreurs.

C'est quand sa mère nous quitta qu'il devint mélancolique. Il ne riait plus. Il s'enfermait dans sa chambre. Souvent, à table, il oubliait de manger et regardait dans le vague.

Quand Simone mourut, par contre, Nati n'eut aucune réaction apparente. C'est inconsciemment qu'il fut détruit. Chaque être humain est fait de coquilles superposées, comme les matrioshkas, ces poupées russes de plus en plus petites qui s'emboîtent les unes dans les autres et, si l'on refuse de souffrir aux étages supérieurs, c'est dans les coquilles les plus internes, les plus proches de notre moi intime, que l'on encaisse toute la douleur. On semble serein mais, en fait, on est devenu, tout entier

SOUFFRANCE

et, à la mort de sa mère, Nati fut frappé dans ce qu'il avait de plus enfoui, ce qui entraîna chez lui une sorte d'autisme, dont, me semble-t-il, il ne s'est toujours pas extirpé. J'ai certainement une grande responsabilité dans tout cela – je m'en sens d'ailleurs coupable –, mais moins que ma femme. On me dira que c'est facile de lui rejeter la faute, maintenant qu'elle n'est plus là, mais Simone (elle s'appelait Simra, mais préférait qu'on l'appelle Simone), Simone était de gauche, communisante même et, comme tous ces gens-là, trop occupée par le bonheur de l'humanité tout entière pour se préoccuper de ses proches. Elle faisait partie de différents organismes. Je me souviens de scissions absurdes entre maoïstes et trotskistes, d'excommunions tragiques, de combats aux enjeux idéologiques ridicules.

Au début de la guerre, Simone avait été cachée dans un grenier, à Drogenbos. Dès ses dix-huit ans, en 44, elle servit de courrier pour un groupe plus ou moins résistant. J'avais souvent l'impression qu'elle me reprochait (implicitement, inconsciemment) de ne pas avoir participé à ce genre de luttes. Je ne relevais jamais ces critiques : Simone avait gardé des séquelles de la guerre, d'autant plus fortes qu'elle refusait de les affronter. Comme l'humidité enfermée dans un mur apparemment sain, la peur et la rancœur en elle ne cessaient de s'étendre. J'étais persuadé qu'un jour ses sentiments négatifs finiraient par la détruire.

Simone avait vécu la guerre trop intensément et, depuis, elle cherchait l'aventure, l'exceptionnel ; moi, je ne suis pas quelqu'un d'exceptionnel. Il me faut ma petite vie. Depuis dix ans, sur le coup de sept heures, je vais boire une chope, toujours au même café, à quelques mètres de chez moi. J'y parle de la pluie et du beau temps avec les mêmes deux retraités flamands. C'est cela que j'aime. La douceur du quotidien. La tranquillité.

L'amant de Simone était un peintre suédois sans aucun talent. Après trois mois de vie commune, un matin, très tôt, ils roulaient sur des routes enneigées, vers Malmö, pour préparer une exposition. C'est Simone qui conduisait. Elle rata un virage.

Elle prit un poteau de front. Le peintre fut éjecté, indemne. Simone mourut sur le coup.

À l'enterrement, son amant pleurait sur mon épaule. Je restai avec lui les deux jours suivants, vingt-quatre heures sur vingt-quatre, sans dessoûler. Nous pleurions, nous chantions, nous nous battions. Je crois me souvenir avoir couru avec lui, dans la rue, en slip. Je crois me souvenir des femmes nues, très grosses, que nous nous échangions dans un bordel. Je ne suis plus très sûr : j'ai bu plus d'alcool ces deux jours que durant le restant de ma vie.

Nous, les Rabinovitch, nous n'avons pas su garder nos femmes. Sans doute qu'en nous se loge cette anomalie, cette mécanique implacable, ce fonctionnement inconscient et familial, qui nous empêche de les garder. Elles se détachent

INEXORABLEMENT

de nous. Même Nati, mon beau Nati, le chéri de ces dames (déjà bébé, elles l'entouraient, elles l'admiraient), Nati, un garçon si équilibré, si serviable, avec une bonne place ! Lui qui, au moment adéquat, sait acheter des cadeaux, qui danse comme un gentleman et compte fleurette comme Don Juan, même lui ne peut empêcher les femmes de le quitter. Il s'est marié deux fois et a divorcé deux fois – Yossi, ou Arié, ça se comprend qu'ils divorcent, mais mon fils !

S'il m'entendait, il dirait de nouveau que je généralise, que la petite dizaine de Rabinovitch n'est pas une population statistiquement viable, ce genre de bêtises, parce que Nati ne me critique jamais sur ce que je dis, sur le fond, mais sur la manière dont je le dis, pour bien me faire sentir qu'il est un éduqué, lui, un intelligent, lui, avec des diplômes !... Il a honte de moi. Mais je peux me regarder dans la glace ! Je peux me tenir droit ! Je n'ai pas dû faire de compromis !...

Non... Inutile de s'énerver... Ce n'est plus le moment... Entre mes paupières presque closes, je te vois, Nati, je vois ton visage aux yeux rougis. Tu pleures ? Depuis combien de temps n'avais-tu plus pleuré, Nati, mon Nati ? Pourquoi pleures-tu pour moi, moi qui ai vécu toute une vie, et pas pour ta mère, morte dans un pays de neige, avant d'avoir trente ans ?

Pleure, mon Nati...

Entre mes paupières encrassées, par mes yeux qui ne voient que des couleurs et qui n'arrivent pas toujours à les rassembler en des formes intelligibles, je les regarde, tous, devant moi, Yossi, Arié, Aline, Sarah, son mari, Héléna Berg, Marcel Biderstock, Maurice Katz... Toute la famille. Tous mes amis. Où est Ernest ? (Cette pensée jaillit en moi, étonnamment claire.) Où est sa face ovale, où se dissimulent ses traits doux, ses cheveux crollés ?

Je dois l'avouer, Ernest, mon petit-fils, est mon préféré. Je voudrais tant sentir sa présence près de moi, plus que celle des autres réunis. Oh, je sais, ce n'est pas bien d'avoir un chouchou. J'aime aussi beaucoup son frère Max, qui a toujours été drôle et inattendu, mais Ernest, c'est le fils que j'aurais tant voulu avoir. Lui ne cache pas ses émotions. On le sent qui se débat. On peut l'aider. Pas comme son père ! Ce muet ! Ce timoré ! Ce monsieur !

Quand il y eut cette crise et qu'il fallut sortir Ernest de l'école juive, Nati était incapable de réagir. Je me rappelle très bien : il était comme plongé dans une catatonie légère, ne parvenait pas à prendre de décision, ni même, simplement, à penser. Je lui dis : « C'est ton fils, Nati.

– Oui. C'est mon fils. » Et il prononce cette phrase comme s'il ne la comprenait pas !...

J'aurais préféré des cris. J'aurais préféré qu'il insulte Ernest, qu'il le frappe. N'importe quoi, plutôt que cette impuissance. C'est moi qui ai amené Ernest chez Boris Poelvoorde, un ami psychologue. (Dix ans auparavant, Poelvoorde m'avait fait des avances.) Par la suite et pendant des années, au détour d'un regard, je sentis chez Nati des élans de haine envers moi, une haine sous-jacente mais que je devinais sous ses mots policés, derrière ses mines sérieuses.

J'ai pris sa place en temps de crise. J'ai assumé, à sa place,

SON DEVOIR DE PÈRE.

Il ne me le pardonnera jamais.

Je t'aime Nati. Tu es une des personnes que j'aime le plus au monde. Tu es mon fils. Je suis resté vivant pour te regarder grandir.

Quand j'étais enfant, j'étais lucide, je comprenais avant les autres et cela me blessait, de comprendre si bien, de voir avec tant d'acuité. Je comprenais que notre père n'arrivait pas à vivre, que respirer pour lui était devenu une souffrance, que penser lui faisait mal. Il était trop à vif. Alors il se plongeait dans la ferveur religieuse comme dans une drogue, pour oublier. Je l'ai senti. J'ai été son

TÉMOIN

dès le début.

Quand notre père nous abandonna et but l'argent de la famille, cela ne m'étonna pas. Ma mère, elle, resta d'abord stupéfaite. La nuit, elle marchait en rond dans le salon. Nous entendions pendant des heures le craquement de ses pas sur le plancher. Elle parlait trop fort, criait presque, comme si elle devenait sourde. Je croyais qu'elle aussi allait devenir folle, mais les calomnies, les petits sourires torves, les voisines qui se détournaient de son chemin, toute cette mesquinerie, cette méchanceté, colmatèrent ses brèches et la renforcèrent. Elle se mit à haïr, haïr notre père, haïr les hassids, haïr Munsk, et sa colère la nourrissait. La seule chose qu'elle aimait, c'était nous, ses enfants.

Pendant tout un hiver, ma mère recueillit un Polonais, un communiste qui s'était enfui de prison. Il devait avoir sept ou huit ans de plus que moi. Ses cheveux étaient blonds et bouclés. Une tache rouge, en forme de poire couchée, maculait son front. Il arriva chez nous maigre, sale, hagard. Ma mère le fit se laver et lui donna des vêtements de notre père ; c'était étrange de voir ce jeune homme pâle, dans des vêtements de hassid trop larges.

Ma mère nous disait de ne pas lui parler. Nous le regardions, l'observions, mais ne lui adressions jamais la parole. Notre mère le regardait aussi, mais autrement. C'était un regard sévère et tendu, comme si elle voulait le tenir au bout de ses yeux et le capturer. Notre mère était encore très belle.

Je m'étais éveillé en pleine nuit avec un besoin pressant d'uriner. Il fallait traverser la cuisine et sortir dans les bois ; après une dizaine de mètres, on arrivait à un trou dans le sol, cerné par quatre planches, avec, en guise de toit, de vieux rondins noirs de pourriture.

Souvent, le soir, ma mère me demandait d'y amener Rifkele. Rifkele était déjà assoupie quand je la traînais derrière moi. Un de mes tours favoris (j'étais un gamin farceur) consistait à la lâcher et à m'éloigner en silence. D'abord, elle restait immobile, les yeux toujours clos. Après quelques minutes, le froid la réveillait brusquement. Elle regardait tout autour d'elle, ouvrait la bouche pour hurler, la refermait aussitôt de peur d'attirer un bandit ou un loup.

Je l'observais depuis ma cachette, généralement un tronc d'arbre. J'allais même jusqu'à imiter un hululement de chouette. J'attendais qu'elle se mette à pleurer pour me précipiter sur elle avec un « BOUH ! » sonore. Elle sursautait, les yeux exorbités.

Je ne faisais ce genre de tour qu'à Rifkele. Sarah n'aurait jamais accepté d'être amenée à la toilette, même toute petite. Moi-même, je détestais y aller, surtout les nuits d'hiver. Je n'avais plus peur des fantômes ou des loups, mais du froid, ce froid qui, après, revenu dans mon lit, me ferait encore grelotter pendant parfois plus d'une heure.

Cette nuit-là, j'hésitais. Je tentais de me rendormir pour que le besoin s'estompe ; il se faisait de plus en plus pressant. Je sortis du lit, mis mon manteau, m'enroulai dans une couverture rêche. Je regardai les lits des filles. Je ne distinguais que des formes vagues dans la pénombre mais j'entendais leurs respirations régulières.

Je sortis de notre chambre. Je me dirigeai vers la cuisine.

Là, je m'arrête : des gémissements s'échappent du plancher. Je crois d'abord à des gémissements de douleur. Je m'approche de la trappe qui mène à la cave. Je reconnais la voix de ma mère et, derrière cette voix, des grognements d'homme, ceux du jeune Polonais.

J'entends le bruit d'une gifle.

Cette gifle resta longtemps un mystère pour moi. Maintenant, je présume qu'il avait dit ou fait quelque chose de déplacé. Ma mère giflait facilement. Elle nous gifla jusqu'à sa mort, alors que nous étions déjà adultes.

Le bruit de gifle me secoua comme si c'était ma propre joue que l'on frappait. Je courus jusqu'à la toilette. Je déféquai, bouche ouverte, haletant. Quand j'eus fini, je restai là, immobile. Le froid s'insinuait dans mon corps, mais je n'arrivais pas à me lever et à rentrer dans la maison. Dehors, le vent fouettait les branches des arbres.

Mon frère Arié est le fils du Polonais. Sa fille aînée, Martine, en est le portrait craché. Plusieurs fois, j'ai été sur le point de le lui révéler ; j'ai hésité ; j'ai réfléchi le pour, le contre, jusqu'à perdre l'élan initial ; j'ai choisi de me taire.

Pour quelle raison Arié devrait-il, à plus de soixante ans, changer toute sa

VISION DE LA VIE ?

Vous me direz que rien n'est plus traumatisant que de construire son existence sur un mensonge, d'autant plus présent qu'il n'est pas formulé, mais ce mensonge est enfoui en lui depuis si longtemps que bousculer ces fondations serait le briser tout entier.

Hier, pendant la nuit – il devait être minuit passé, ou c'était avant-hier, ou bien c'était un rêve –, Ernest est entré dans la chambre. Il a émergé de l'ombre, sans un bruit, mince et nimbé de lumière, comme un ange du Tout-Puissant. Ses yeux clairs ont lui et ont éclairé le sol devant ses pas.

Il s'est assis face à moi. Il m'a regardé. Il a souri et cela m'a fait du bien, ce visage souriant, après tous ces faciès désolés et en larmes. Moi qui ai toujours trouvé Sarah belle, finir par la voir pleurant, les joues salies, n'est-ce pas déprimant ? N'y a-t-il pas un beau visage de femme pour m'accompagner vers la mort ? Celui de ma sœur m'aurait convenu, si seulement elle avait souri, parce que le sourire de Sarah est le même que celui de ma mère, avec les même fossettes sur le bas des joues, les mêmes yeux plissés, le même petit pli horizontal en dessous des narines...

Ernest m'a pris la main. J'ai senti la douce chaleur de sa peau. Il m'a dit : « Grand-père, tu es en train de mourir », et j'ai aimé cette façon d'accepter de faire, avec moi, le deuil de ma vie, le deuil de ces joies, ces souffrances, ces rêves, qu'on rassemble dans sa mémoire en un amas hétéroclite, ces instants par millions dont j'ai tout oublié, ces souvenirs vagues, imprécis, qui émergent comme d'une brume et me hantent – et ces autres moments intacts, gelés dans ma mémoire, angoissants de netteté et de précision – cet édifice d'odeurs, d'anecdotes, de scènes, qu'on appelle, faute de mieux, une vie.

Un soir, ma mère chassa le jeune communiste comme un malpropre, en le poussant vers la porte avec son balai. Il tentait de protester en faisant des grands gestes explicatifs avec les bras. Elle ne le regardait pas, faisait mine de ne pas l'entendre. Dès qu'il eut dépassé le seuil, elle lui referma la porte au nez.

Nous nous taisions. Nous ne savions pas pourquoi, là, tout d'un coup, elle le chassait, mais quelque chose dans son attitude, une façon de ne pas croiser nos regards, d'utiliser des phrases très courtes, une façon, aussi, de se taire, nous empêchait de faire la moindre remarque.

Quelques jours plus tard, c'est le pogrom. Notre père est entré dans la maison. Il a changé. Son corps s'est épaissi. Ses cheveux et sa barbe virevoltent en tous sens, en mèches fines et grasses.

Notre mère fait un pas vers lui. Il l'arrête en murmurant : « Pogrom... »

Nous entendons des cris au loin. Nous regardons par la fenêtre : certaines maisons sont déjà en flammes.

Nous nous enfuyons. Ma mère et mes sœurs s'enfoncent dans la forêt. Je m'arrête quelques secondes. Je regarde en arrière. Je ne peux pas m'empêcher de

REGARDER.

Mon père est resté devant la maison et il brandit une planche pour toute arme. Les paysans s'approchent avec des bâtons, des gourdins, des faux. Ils l'insultent. Ils se précipitent vers lui. Il abat la planche sur le premier, qui pousse un long hurlement et tombe, la figure en sang.

Je me retournai. Je courus et je rattrapai les autres, dans la forêt.

Cet enfant qui courait pour rattraper ses sœurs et sa mère, à l'orée d'une forêt, cet enfant qui courait sans même avoir peur, parce que le danger était trop énorme pour être assimilable, ce garçon aux lèvres craquelées, aux joues rouges, aux genoux sales et couverts de sang séché, ce garçon est devenu cet homme que je suis, qui respire de plus en plus difficilement dans un hôpital bruxellois. En Pologne, je ne connaissais même pas l'existence de la Belgique. J'avais peut-être vu le nom sur une carte, mais sans le lire, sans l'enregistrer et, quand nous étions arrivés à Bruxelles, c'était pour nous une ville émergeant du néant. Nous ne parlions ni français, ni flamand, ni même l'anglais, et nous tentions de nous faire comprendre avec des mots de yiddish, de polonais, des gestes. Les infirmières nous lançaient des regards excédés.

J'étais en train de m'énerver sur un médecin, quand une main agrippa mon bras. Je voulus me dégager ; la main m'immobilisa. « Y a-t-il un problème ? » demanda une voix d'homme, très douce, dans un yiddish martial, proche de l'allemand. Je me retournai.

Jusque-là, je n'avais jamais vu de juif pareil, habillé avec une telle élégance, mais sans ostentation, comme s'il trouvait normal de porter tous les jours des vêtements de shabbat. Chez Rozman, l'élégance semblait innée.

Ce jour-là, il rendait visite à sa tante, hospitalisée pour des problèmes de poumons. Il nous avait entendus parler en yiddish et « Ma première réaction, m'avoua-t-il plus tard sans oser croiser mes yeux, ma première réaction en apercevant votre petit groupe oriental qui criait dans tous les sens, ce fut du mépris. J'avais honte que vous soyez mes coreligionnaires. Et je me suis senti si coupable de ces sentiments que je n'ai pu que vous aider. »

Il nous servit de traducteur ; les infirmières lui répondaient en baissant la tête, humbles, comme s'il avait été un aristocrate – ce qu'il était, pas par la naissance ou le nom, mais par la bonté, le tact, l'intelligence. Pour moi, Rozman reste l'homme le plus noble que j'ai rencontré. La noblesse, ce n'est peut-être qu'une façon de se tenir détaché du monde, d'y toucher, mais seulement du bout des doigts, de garder une distance pudique, avec un très léger sourire, très doux, qui réchauffe le cœur des gens et les rassemble autour de vous.

Nous habitions rue du Monténégro dans un grand appartement au sol en pente. Rozman nous rendit visite. Il salua ma mère et mes sœurs, chatouilla le menton d'Arié, fit rire tout le monde aux éclats. Il refusa poliment de rester pour le souper et, au moment de sortir, il m'entraîna avec lui. Il voulait m'offrir un verre. C'était la première fois que j'entrais dans un café bruxellois. La fumée me picotait les yeux.

Rozman commanda deux vins rouges et me laissa parler. En général, Rozman se contentait d'écouter, avec un fin sourire sur les lèvres, sans vous quitter du regard, et il écoutait si bien, et avec tant de talent, qu'il ne donnait jamais l'impression de se taire.

Il n'y avait pas deux hommes plus différents que Rozman et moi. Pourtant, il devint mon meilleur ami.

Je ne sentis pas la guerre qui arrivait. Je connaissais bien l'Allemagne, je la sillonnais pour y vendre du verre. J'entendis parler de vexations et de lois, je voyais des caricatures antisémites et, après la « nuit de cristal », notre carnet de commande était plein : les Allemands avaient tellement cassé de vitres qu'ils nous achetaient plusieurs années de production ! Mais, pour moi, l'antisémitisme en Allemagne n'était qu'un épouvantail dressé pour des raisons électorales. Les nazis, une fois leur pouvoir conforté, se calmeraient sûrement et laisseraient les juifs continuer leurs affaires, pour en récolter les fruits économiques indirects. C'étaient des gens civilisés, les Allemands, des gens corrects et convenables. Je les croyais incapables de la furie qui fait naître un pogrom.

Au début de la guerre, Rozman fut arrêté en tant que citoyen allemand et déporté dans un camp, en France. Ce camp, ironiquement, était surtout occupé par des juifs allemands et autrichiens qui avaient fui le nazisme.

Rozman m'envoyait des lettres très courtes où il me disait, invariablement, que tout allait très bien. Il gardait un ton détaché, un peu snob, comme s'il avait été un vicomte en villégiature à la Riviera. Puis, je reçus un télégramme : « Viens jeudi à Saint-Cyprien. Descends à l'hôtel… » – je ne me rappelle plus le nom de cet hôtel. Le ton laconique du télégramme m'alarma. Je sus que je devais réagir au plus vite.

Arié était en vacances scolaires. Je lui demandai s'il voulait m'accompagner en France. « Pourquoi pas ? » me répondit-il. (Ce « pourquoi pas ? » a changé toute sa vie.) Je voulus prévenir Rifkele, mais depuis quelques jours elle avait disparu. À cette époque, elle partait sans me dire où elle allait, ni avec qui, ni quand elle comptait rentrer. Ses idées communistes mettaient toute notre famille en danger : les autorités pouvaient nous expulser sur-le-champ ! J'avais beau m'énerver, je ne parvenais pas à lui faire entendre raison.

Depuis que ma mère était morte, ni Rifkele ni Sarah ne m'écoutaient. Sarah était partie en Palestine, malgré mes supplications. Et Rifkele disparaissait avec ses « camarades » !…

Aller à Saint-Cyprien et en revenir ne devait pas prendre plus de quatre jours. Cela ne me semblait pas très grave que Rifkele ne soit pas prévenue. Maintenant, quand j'y repense, je me sens coupable : j'aurais dû ne pas partir, la chercher, la protéger contre elle-même. Mais le passé ne se réécrit pas. Les morts ne renaissent pas.

À l'hôtel de Saint-Cyprien, un message m'attendait : « Ne va pas au camp. » Je reconnus tout de suite l'écriture soignée et penchée de Rozman. Il me disait de me rendre dans un autre hôtel, à une dizaine de kilomètres au sud, et là, de demander monsieur Durand. Comment Rozman, avec son accent allemand, avait-il pu passer pour un monsieur Durand ? C'était une époque bizarre.

Je laissai Arié ranger nos affaires et me rendis au lieu du rendez-vous. Rozman avait maigri. Sa barbe poussait en grosses boucles sombres. Je fis un pas pour lui serrer la main. Il m'arrêta : « Ne t'approche pas ! Je me suis déjà lavé mais je ne suis pas sûr de m'être débarrassé de toute la vermine. »

Il enleva sa chemise et commença à se couper la barbe, d'abord avec des ciseaux, puis au rasoir. Il me raconta qu'il s'était enfui le matin même, en creusant un trou qui passait en dessous des barbelés. Je restai sans voix, en tirant sans doute, une tête comique, qui le fit éclater de rire : « Ne t'inquiète pas, le sol est sablonneux, et nous étions trois pour creuser. »

Au camp, Rozman était devenu l'ami d'un nazi, renvoyé du parti pour homosexualité. À l'époque, je ne savais même pas ce que c'était, un homosexuel, et Rozman dut me l'expliquer. Je restai horrifié : « Quoi ? des hommes avec des hommes !... » Ces dernières années, je me suis demandé si, à mon insu, Rozman n'était pas lui-même homosexuel. Malgré sa prestance, je ne lui connaissais aucune aventure féminine.

Rozman ne me laissa pas le temps de m'attarder sur le sujet : « Les Allemands vont faire souffrir les juifs, me dit-il, souffrir comme ils ne l'ont jamais fait. »

Je lui souris. Je lui déballai ma grande théorie de l'époque, que les Allemands, ce n'était pas des Polonais, ni des Russes, mais des gens organisés et convenables, qu'ils formaient une nation civilisée...

« Justement ! » m'interrompit Rozman. Il n'avait plus que la moitié de sa barbe, ce qui lui donnait un air de prophète dément : « Ils seront consciencieux, impitoyables. Ils créeront des lois, suivront ces lois et, grâce à ces lois, nous persécuteront comme jamais nous n'avons été persécutés ! Ils veulent notre mort. Ils ne sont pas assoiffés de sang comme des paysans soûls ou des Cosaques. Ils agissent calmement. Ils vont nous tracasser, nous exploiter, en tenant une comptabilité impeccable, jusqu'à ce que nous ne soyons plus que des demi-cadavres et, alors, ils nous écraseront, comme on écrase un moustique, avec la même absence de sentiment. »

Rozman me conseilla de fuir vers le sud de la France. Les Allemands, pensait-il, n'arriveraient jamais jusque là.

Sur le chemin jusqu'à Saint-Cyprien, je réfléchis : ce que m'avait dit Rozman et, surtout, son ton, me faisaient peur, mais je croyais qu'il exagérait ; Arié devait reprendre les cours du lycée, guerre ou pas guerre. Je décidai de rentrer à Bruxelles.

Nous avions réservé des billets de train pour le lendemain ; le lendemain, les Allemands envahissaient la Belgique et le nord de la France. Ce fut l'exode.

Nous accompagnâmes Rozman jusqu'à Tarbes. Rozman partit à Marseille. En 44, il fut attrapé dans une rafle. Il mourut à Treblinka.

Je n'arrive toujours pas à me faire à l'idée de sa mort. Celle d'autres personnes qui m'étaient proches, en particulier celle de Rifkele ou de ma mère, m'attriste, mais Rozman, pour moi, ne pouvait pas mourir. Rozman était immortel.

Maintenant, c'est la nuit, ou une journée très sombre, ou bien mes yeux ne captent plus la lumière. Autour de moi se déroule un ballet de formes blanches. Je crois d'abord voir des tutus de danseuses. Il me faut un temps pour me rendre compte que ce sont, en fait, des blouses blanches : je suis entouré d'infirmières et de médecins. Une sonnerie stridente retentit par intermittence. Elle règle le ballet des blouses blanches, rythme leurs mouvements nerveux et leurs phrases brèves. Quelque chose me dérange dans ma bouche, un tuyau sans doute. Était-il là, déjà, dans ma bouche, hier soir ? Depuis combien de temps suis-je couché dans cette chambre, dans cet hôpital ?

Tout se calme, enfin. Je me force à me rendormir. Je me laisse glisser dans un sommeil ardu et je me souviens de la guerre. Arié et moi travaillions comme ouvriers agricoles. Je n'aime pas trop le dire, mais ce fut une période heureuse de ma vie : nous étions jeunes, vigoureux, et ne souffrions pas des privations. Nous allions de ferme en ferme, faisions les vendanges, le blé, les pommes. Notre français se teintait d'accent méridional. Parfois, quelqu'un, devant nous, lâchait une remarque antisémite ou même entamait une diatribe. Nous prenions un malin plaisir, Arié et moi, à surenchérir : nous trouvions aux juifs des défauts inédits, des caractéristiques physiques hideuses, qui les rendaient reconnaissables à cent mètres, et finissions par raconter les pires blagues antisémites possibles.

En vivant avec Arié ces six mois, je le découvris très différent de l'adolescent que j'avais cru connaître à Bruxelles. Arié travaillait avec opiniâtreté, concentré sur chaque geste. Il pouvait se taire pendant des jours. Je l'avais cru naïf. Il s'avérait grave et réfléchi. Dans l'action, il révélait sa

VÉRITABLE NATURE.

Il est sept heures. Le soir commence à tomber. Nous rentrons des champs. Nous sommes fourbus et traînons le pas. Nous passons à côté d'un pré où se dresse un vieux manoir. Deux garçons, de dix, douze ans, jouent avec une balle. Arié s'arrête. Je fais encore un pas puis, comme lui, je regarde les enfants.

Ils se sont tournés vers nous. Nous sentons, instantanément, que ce sont des enfants juifs. Quelque chose dans leur regard, une certaine peur peut-être, nous le trahit. Eux aussi, ils savent que nous sommes juifs. Ils s'enfuient. Ils détalent vers le manoir en laissant la balle derrière eux.

Nous nous éloignons d'un pas rapide. Je regarde mon frère : son visage est pâle et humide de sueur.

Parfois, maintenant encore, je me demande : que sont-ils devenus, ces deux enfants juifs ? Ont-ils été déportés ? Sont-ils morts ?

Ou bien vivent-ils une vie normale ? Se souviennent-ils de ces deux jeunes hommes qui les regardaient d'un air ahuri ? Sont-ils, comme moi, de vieux messieurs ? Sont-ils, comme moi, en train de mourir, tout doucement, couchés dans des lits d'hôpitaux ? Sont-ils reliés à des appareils électroniques, nourris par des baxters ?

Un matin, je m'éveillai comme d'habitude à cinq heures et demie. La couche d'Arié était vide. D'abord, je crus qu'il était parti uriner dans les fourrés. Mais il avait emporté toutes ses affaires et sa valise brune. Il m'avait abandonné.

Je me rendis compte que des larmes couvraient mon visage. Mon buste était secoué par des hoquets. Je ne reverrais plus mon frère. Il était trop naïf, trop distrait, il allait certainement se faire tuer et c'était ma faute, j'aurais dû faire quelque chose, le prévenir. Mais non, cet imbécile s'était envolé et il n'allait certainement pas traverser cette guerre vivant !

Il en réchappa. Il revint à Bruxelles, en 51, physiquement intact mais psychologiquement complètement transformé. Toute naïveté l'avait quitté, remplacée par un cynisme froid. Que s'est-il passé durant la guerre ? Ces histoires de résistance en Tchécoslovaquie et de lutte armée en Palestine, tout cela sent l'invention. Il étoffe au fur et à mesure ; il se contredit ; dans les années 50, il racontait avoir accompli des actes de bravoure, en dehors de toute vraisemblance ; maintenant, il améliore ses récits, en arrive à minimiser ses actions, s'invente des défauts, et son personnage devient plus crédible. Il ment de mieux en mieux, mais il ment toujours. Que cache-t-il ? A-t-il participé à des activités honteuses ? A-t-il fait du commerce au noir ou travaillé pour les Allemands ? (Tout était possible, ces années-là.) Peut-être, tout simplement, a-t-il été déporté dans un camp et, comme beaucoup de rescapés, il ressent

UNE HONTE INCOMMENSURABLE

d'en avoir réchappé.

Arié est devenu fou. Quand vous lui parlez pour la première fois, rien ne trahit sa folie. Il donne l'impression d'un homme solide, aux opinions tranchées, parfois un peu nerveux ou soupe-au-lait, mais sans plus. Au bout de quelques rencontres, un malaise s'installe, d'abord diffus, puis de plus en plus présent. Par des petits mots, par des regards très brefs, il vous heurte, vous blesse, et vous avez l'impression qu'il vous hait, qu'il hait tout le monde, qu'il devient complètement paranoïaque.

Il a rendu sa femme folle. Elle a dû le quitter. Une de ses filles, Martine, a été internée dans un asile. L'autre s'en sort, mais se protège en construisant tout autour d'elle une carapace qui, un jour, certainement, au moment le plus inattendu, va exploser comme une bombe à retardement, et mes forces m'abandonnent peu à peu. Je ne sens presque plus mes membres. Ma vision se mélange à mon audition dans un brouillard indistinct. J'ai mal, mais cette douleur est si forte, inscrite à un tel point dans chaque parcelle de mon corps, qu'elle se transforme en pure information, sans plus me gêner. Je me sens qui me retire du monde. Je me sens qui meurs.

La majeure partie de la guerre, je la vécus seul, ouvrier agricole itinérant dans le sud de la France. Ma seule distraction, c'étaient les femmes, en général de jeunes paysannes, souvent grosses, souvent laides. Elles s'amourachaient de moi. Je les goûtais puis les délaissais, pour en goûter d'autres. La quantité comptait plus que la qualité.

La première femme que je vis nue, ce fut ma sœur, Rifkele. J'avais seize ans et je voulais voir à quoi ressemblait un corps de femme, ce que dissimulaient leurs vêtements, quelles étaient ces parties dites honteuses et comment ces parties s'agençaient les unes par rapport aux autres.

Un samedi, j'entrai dans la chambre des filles. Je me cachai dans une penderie, dont la porte, trop large de quelques millimètres, restait toujours entrouverte. J'attendis, immobile, une bonne heure. Je perdis patience. Je sortis de la penderie, juste au moment où Rifkele entrait dans la chambre. Elle s'arrêta sur le pas de la porte :

« Qu'est-ce que tu fais là ? »

Je rougis. Elle me sentit en faute et elle eut un sourire mauvais. Elle me tordit l'oreille. J'eus mal, j'allais crier, mais elle me plaqua la main sur ma bouche. Elle était plus jeune que moi, moins forte, et, d'habitude, c'était moi qui avait de l'ascendant sur elle, mais là, je me sentais tellement coupable que je restai tétanisé. Elle me murmura : « Dis-moi la vérité. Qu'est-ce que tu faisais dans la penderie ? »

Je ne trouvais aucun mensonge plausible. Elle me tira l'oreille plus fort, la douleur fusa dans mon crâne et je m'entendis dire : « Je voulais te voir nue. »

Elle me lâcha aussitôt : « Pourquoi voudrais-tu me voir nue ?

– Je n'ai jamais vu une fille nue.

– Ah ! »

Elle réfléchit, le regard braqué vers ses souliers.

« Puisque tu veux voir une fille nue, je vais me déshabiller. »

Je me répétai plusieurs fois mentalement la phrase qu'elle venait de prononcer, sans être sûr de l'avoir comprise. Déjà, elle enlevait sa chemise, elle apparaissait en soutien-gorge, et j'eus soudain très chaud. Elle continua à se déshabiller, très naturellement, comme si elle était seule dans la pièce. Quand elle fut nue, elle laissa ses bras retomber le long de son corps et elle tourna lentement sur elle-même. Quand elle eut fait un tour complet, elle me fit : « Allez, file ! » avec un petit sourire. Je sortis en courant.

Pendant la guerre, je n'eus aucune inquiétude pour Rifkele. Je croyais qu'elle s'en sortirait dans n'importe quelle situation. C'était plutôt pour Arié que je me faisais du souci, et pour Sarah : que pouvait-il bien se passer en Palestine ?

Quand les Américains libérèrent le sud de la France, je remontai en Belgique. Je me persuadais d'en être heureux mais je ne l'étais pas. Pour moi, la guerre, cela avait été de très longues vacances. Maintenant, il allait falloir vivre normalement.

C'est à cette époque que j'appris l'existence des camps. Je ne connaissais pas le nombre de morts ; je croyais à plusieurs milliers et je ne voulais rien savoir des détails. Moi, je m'en étais sorti, sans effort. Ceux qui étaient morts avaient dû être inutilement imprudents.

Je vous choque, sans doute. Vous me jugez, vous me méprisez, parce que vous n'avez pas vécu cette époque, ou bien, si vous l'avez vécue, vous avez tout fait pour oublier ces sentiments mitigés que tout le monde éprouvait, pas seulement les non-juifs, mais aussi, mais surtout, les juifs eux-mêmes, parce qu'ils étaient trop près des événements, parce qu'ils manquaient cruellement de

DISTANCE HISTORIQUE.

Nous étions déboussolés, nous marchions dans le brouillard, nous souffrions d'être juifs mais ne voulions pas accepter cette souffrance, parce que rien ne nous répugnait davantage que d'être un peuple martyr, rien ne nous répugnait plus que de pleurer nos morts.

Arrivé à la gare du Midi, je mets ma valise à la consigne. Je marche jusqu'à la rue du Monténégro. J'arrive à l'immeuble où nous habitions, avant-guerre. Je sonne. Une femme m'ouvre.

Elle est petite, bien plus petite que moi. Elle a des cheveux frisés, blonds ou blancs. Est-elle vieille ? Jeune ? Je n'ai même pas le temps de m'en rendre compte. Tout se passe si vite.

Je lui demande si Rifkele habite encore la. « Qui ça ? » crie-t-elle. Elle doit être sourde ou un peu folle. « Rébecca. Rébecca Rabinovitch. »

Le « itch » de notre nom, elle le comprend comme « juif ».

Et elle hurle :

« Juif ? Il n'y a plus de juifs ici ! Tous les juifs d'ici sont morts ! »

Elle claqua la porte.

J'aurais pu porter plainte, demander aux autorités que l'on nous rende l'appartement, mais j'étais tellement désorienté que je décidai que cela n'en valait pas la peine.

Je compris que les choses avaient changé, radicalement, et que

RIEN NE SERAIT PLUS COMME AVANT.

Je me mis à la recherche d'Arié, Sarah et Rifkele. Je me rendis dans différentes organisations d'aide. Fievel Katz, une connaissance d'avant-guerre, le père de Maurice, me dit qu'Arié était en Suède. Quelqu'un d'autre m'affirma l'avoir vu, de ses propres yeux, en Tchécoslovaquie. Puis, d'après la rumeur, Arié se retrouva en Palestine. Au printemps 51, enfin, Arié rentra en Belgique. Et ce n'était plus la même personne.

Sarah, elle, revint d'Israël en 54. Je dus la loger chez moi, avec Yossi. C'était bizarre, de voir ma sœur tout d'un coup avec un fils, un garçon gâté, nerveux, bondissant d'un côté à l'autre de mon appartement. Mon neveu m'était insupportable. J'avais de la peine à cacher mon antipathie. Nati était gentil avec lui, l'invitait dans sa chambre, prêtait ses jeux, s'efforçait de lui apprendre des mots de français, mais Yossi le snobait.

Sarah cajolait continuellement son fils, puis, soudain, le rudoyait sans raison. Il avait l'air perdu, un air qu'il a encore parfois aujourd'hui, une expression qui fige son visage, ternit ses yeux et tend ses sourcils pour en faire deux barres horizontales.

Sarah avait pris du poids, le soleil lui avait creusé des rides et je restais stupéfait par sa beauté. Je me souvenais qu'elle était belle, mais c'était resté une pure information, sans rien de concret. Là, devant moi, chaque mouvement de son corps me lançait cette beauté en pleine face.

Quand vous lui parliez, Sarah ne vous écoutait pas. Elle vous interrompait soudain en changeant de conversation. Elle clignait les yeux, comme inquiète.

Sarah ne connaît pas le doute. Elle simplifie, ne se remet jamais en question, reste isolée dans sa bulle. Elle n'est pas égoïste, mais

ÉGOCENTRIQUE.

Elle reste belle, d'une beauté insupportable. Elle nous blesse par sa beauté. Nous sommes forcés de l'admirer, de l'aimer et, souvent, nous la détestons et des douleurs fulgurantes traversent mon crâne, des douleurs que je ne parviens pas à endiguer, je sais que je suis immobile dans un lit, mais c'est comme si je tombais dans un gouffre sans fond de couleurs qui se mélangent, jusqu'à former une boue terne et, en 45, je cherchais Rifkele, j'errais de bureau en bureau, tout un monde provisoire où se croisaient femmes en pleurs, militaires furieux, rescapés encore groggy. Les premiers temps, des gens s'évanouissaient, à bout de nerf. Il y avait des hurlements soudains, des crises d'épilepsie, des arrêts cardiaques. Peu à peu, les files se firent courtes. Le silence s'installait. Les derniers n'avaient plus beaucoup d'espoir. Leurs visages n'exprimaient qu'une morne résignation.

Je ne pensais pas à la mort de ma sœur. Je ne pouvais l'imaginer que vivante, souriante, nue, qui tournait sur elle-même pour que je voie son dos blanc et ses fesses rondes, avec, en haut, deux fossettes jumelles et, un jour très froid, au fond d'un couloir mal éclairé, les détails sont figés dans ma mémoire, dans une pièce carrée avec, sur le mur, un portrait jauni, oublié, de Léopold III, oui, les détails sont tous là, je me souviens, par exemple, distinctement, d'une tache d'humidité qui étoilait le mur de droite, avec, au centre de cette tache, un point noir, de moisissure sans doute, et, derrière le bureau en fer, où la peinture s'écaillait sur les arêtes, tous ces détails me torturent, derrière le bureau était assis un petit homme, plutôt jeune, au front qui se dégarnissait par touffes, un employé, dépêché d'un ministère quelconque, membre d'une organisation quelconque, qui me dit : « Rébecca Rabinovitch. Dix-neuvième convoi. Décédée à Auschwitz. »

Ses yeux quittèrent son grand carnet. Il me lança un regard vide. J'aurais voulu sauter au-dessus de la table et le frapper, bourrer de coups sa petite gueule de fonctionnaire, jusqu'à nous couvrir tous les deux de son sang. Il eut un petit sourire compatissant : « Monsieur, il y a d'autres gens qui attendent. »

Je quittai la file. Ce n'est que dehors que je me rendis compte que je pleurais.

Je ne parviens pas à imaginer Rifkele morte. Je m'étonne de ne pas la voir parmi mes visiteurs. Non. Elle ne peut être morte, elle était si belle, si vivante, quand elle tournait sur elle-même, nue, et pudique, et naturelle, femme, j'ai beaucoup aimé les femmes, les corps des femmes, leurs seins, parfois plantureux, dressés vers le haut ou s'affaissant vers le bas, leurs ventres ronds, je n'ai jamais aimé les ventres plats, au contraire, il me faut de la matière, des rondeurs, des plis, et leurs bras lourds, et leurs odeurs, et leurs vergetures, leurs conversations futiles ou graves, leurs rêves idiots, leurs yeux qui pétillent quand, leurs bouches, leurs rires (cristallins), et là, quand elles viennent à moi, qu'elles ferment les yeux – c'est donc comme cela mourir, comme une très grosse grippe –, qu'elles viennent et qu'elles crient, affolées, soudain, le visage d'Ernest, un sourire enfin, ma mère, Simone qui roule, dans le jour sombre, dans la neige, Simone qui, jamais je n'ai vu, parce que, Nati, oh mon Nati, et là, qui ferment les yeux, se mordillent la lèvre supérieure, les femmes, elles, et

Une immense clarté.

Léger.

Enfin.

LA PAIX.

Rifkele était moins belle que Sarah, mais elle avait ce quelque chose d'énergique et de pétillant qui la rendait plus attirante, paraît-il, que sa sœur.

Pourtant, sur cette photo, la seule qui soit restée d'elle, Rifkele est laide. Est-ce l'axe de prise de vue ? La lumière ? Ou bien, peut-être, simplement, Rifkele n'était-elle pas photogénique ?

Si sa beauté ne transparaît pas sur cette photo, sa joie y est restée intacte. Elle sourit, malicieuse, vers l'objectif, comme une gamine espiègle, prête à vous jouer un mauvais tour.

Je m'appelais Rifka Rabinovitch.

Parfois, mon corps m'appartenait. D'autres fois, il s'échappait. C'était lui qui me dirigeait. Je ne pouvais plus que le suivre.

Je couchais avec les hommes. Nous devions nous cacher. Nous devions trouver des endroits. Je risquais une mauvaise réputation. Mais je devais le faire, absolument.

Je ne l'ai jamais fait deux fois avec le même homme. Dès que nos corps se séparaient, quelque chose chez lui me semblait répugnant. Le toucher me donnait la nausée. Je devenais froide, cassante. Je lui montrais mon dégoût. Je le chassais. Certains étaient tristes. Certains insistaient. Pour moi, c'était fini.

Aucun, après, ne s'en vantait. Ils ne me prenaient jamais pour une fille facile. Ils croyaient que je ne l'avais fait qu'une seule fois, avec eux. Ils croyaient m'en avoir dégoûtée. Ils s'en sentaient coupables. Cela m'amusait. Cela me rendait triste.

Je suis devenue communiste en couchant avec un homme. C'était la première fois que je le faisais. Ma mère avait recueilli un Polonais. Elle nous disait de n'en parler à personne. Elle nous disait de rester distants avec lui. Il était recherché par la police. Il nous regardait avec de gros yeux. Il nous observait faire le moindre geste. Il n'avait jamais vu de juifs de si près. Il ne savait pas que les juifs mangent, dorment, se disputent, aiment.

Sarah était juste pubère. Ses traits patauds s'affinaient. Elle devenait chaque jour plus belle. Elle ne disait pas un mot au jeune Polonais. Elle le regardait dans les yeux. Puis elle détournait le regard. Elle piquait un fard. Il piquait un fard en retour. Cela me rendait furieuse.

Une nuit, j'entrai dans la cave où il dormait. Je me déshabillai dans le noir. Je le chevauchai. Il gémit : « Sarah ! » Je le giflai.

Je ne couchai plus avec lui. Je commençai à lui parler, en cachette de ma mère. Nous parlions en polonais. Nous parlions de communisme.

Il y eut le pogrom. Nous devions nous rendre en Amérique. Nous n'avions pas de visa. À Bruxelles, ma mère accoucha. Elle ressemblait à un grand poisson livide. S'extirpait d'elle un autre poisson. Le petit poisson cria. Il s'appelait Arié.

J'appris à langer Arié. Je le nourrissais. Je le nettoyais. Sarah, elle, ne se serait jamais occupée d'un bébé.

Arié parla en même temps français et yiddish. Il souriait. Tout le monde l'aimait. Moi aussi, mais moins que mon autre frère et ma sœur. Lui n'avait pas vécu en Pologne. Lui n'avait jamais connu la pauvreté, la honte. Même Sarah, je l'aimais davantage qu'Arié. Quand Sarah était petite, elle avait toujours faim. Elle me suppliait. Elle me menaçait. Je lui donnais la moitié de mes pommes de terre. Elle engloutissait la nourriture. Elle ne goûtait qu'à peine ce qu'elle mangeait. Quand son assiette était vide, elle regardait devant elle, inquiète.

Deux semaines après être arrivée en Belgique, je travaillais. J'étais ouvrière dans une fabrique de chaussettes. Je pris contact avec des communistes, des juifs polonais ou hongrois. Je couchais avec l'un, puis l'autre. Je devais coucher. Mon corps m'échappait. Il commandait. Sauf avec Louis. Louis n'étais pas communiste. La politique ne l'intéressait pas. Il était pâle. Ses gestes étaient lents. Ses yeux sombres. Nous nous rencontrions dans un appartement vide, derrière la porte de Namur. Ses mains se posaient délicatement sur mes épaules. Nous dansions en chantonnant nous-mêmes la musique. Nous parlions de sujets frivoles. Nous buvions du thé.

J'attendais quelque chose, un geste. Moi, je n'osais pas. Il me reconduisait à la porte.

Il me souriait. Il m'embrassait sur le front.

Hitler envahit la Pologne. Ma mère mourut. Elle avait servi de tampon entre Sarah et moi. Nos disputes devinrent de plus en plus fréquentes.

Un jour, nous nous disputions pour un peigne. Je m'approchai d'elle. Je voulais la frapper. Elle m'agrippa par les poignets. Nous tombâmes. Elle était beaucoup plus forte que moi. Elle me plaqua au sol. Elle me hurla des insultes. Je ne les entendis pas. Je restai amorphe. Je fermai les yeux. Elle se leva. Elle sortit.

Je restai couchée. Ma robe adhérait aux dalles. Je pleurais, furieuse. Peu à peu, je sentis une nausée. Cela naissait dans le bas de mon ventre. Cela montait jusqu'à ma poitrine. Cela m'étouffait. Je m'endormis.

Ma mère avait toujours préféré Sarah. Elle préférait toujours les plus jeunes de ses enfants. Les dernières années, ce fut Arié. Il faisait ses courses. Il supportait ses mouvements d'humeur. Elle le giflait souvent. Il ne bronchait pas.

Sarah partit en Palestine. J'étais soulagée. Ce fut la guerre. Tout s'emmêla. Je perdis tout contact avec ma famille. Il y eut les rafles. Mes amis communistes me trouvèrent une chambre. Petit à petit, naturellement, je me ralliais aux Partisans armés. Je distribuais des tracts. Je transportais des armes pour les actions. Je repérais des lieux.

Nous ne devions pas nous voir en dehors des actions. Mais nous étions seuls, orphelins. Nous nous rencontrions au parc, ou à la piscine, rue de la Perche. Nous parlions. Parfois, l'un de nous était arrêté, fusillé ou déporté. Il fallait changer de cachette. Nous nous dispersions. Nous restions cachés. Plus tard, tout reprenait.

Je dormais de moins en moins avec des hommes. Je n'en avais plus besoin.

Je participai à plusieurs tentatives d'exécution du gros Jacques. Avant-guerre, c'était un gangster juif d'Anvers. Il avait l'œil pour reconnaître les juifs. Il travaillait pour la Gestapo.

Nous allions dans les quartiers où il opérait. Je marchais. Deux autres partisans me suivaient, prêts à l'abattre. Jamais nous ne le rencontrions.

Je le reconnus tout de suite. C'était rue de Flandre. Il me tournait le dos. Il marchait d'un pas rapide. J'accélérai le pas. J'étais à son niveau. Il m'aperçut. Il s'arrêta. Il me sourit.

« Bonjour, Rifka.

– Bonjour Louis. »

Il était toujours élégant, toujours pâle, toujours beau. Il m'emmena dans un restaurant clandestin, près du canal. J'avais faim. Il me fit manger. Il sirotait un verre de vin. Il me regardait.

De nouveau, nous ne parlions que de sujets futiles. Nous ne voulions pas savoir ce que l'autre faisait. Louis devait être résistant, mais certainement pas dans un réseau communiste.

Je crus qu'il allait m'amener avec lui, me déshabiller, se déshabiller. Je faillis le lui demander. Je n'osai pas.

En sortant du restaurant, il m'embrassa sur le front. Il me fit « Bonne chance ! » d'un ton léger. Il partit. Il tourna le coin. Il disparut.

J'avais donné des lettres et un revolver à un certain Michel. Je quittais la place Sainte-Croix. Je remontais les petites rues. Des hommes en cirés clairs m'entourèrent. Je ne les avais pas sentis s'approcher. Un homme aux cheveux très noirs pointait un revolver vers moi. Un autre homme se plaça à ma gauche. Il était jeune. Il mit sa main sur mon épaule. Je sentais la pression de cette main, sa chaleur. J'aurais voulu m'abandonner à cette main. J'aurais voulu qu'il me prenne dans ses bras. Il serait entré en moi. Je l'aurais regardé gémir. Il se serait libéré en moi, en grimaçant.

Un homme gros se tenait en retrait. Ses yeux étaient bigleux et inexpressifs. Il était habillé d'un costume serré et d'un borsalino. Il avait les mains dans les poches. C'était lui. C'était le gros Jacques. Quelques minutes plus tôt, j'avais un revolver dans mon sac. J'aurais pu l'abattre.

On m'interrogea. Je dis que j'étais juive. Je dis que je passais là par hasard. Ils me crurent. Je fus envoyée à la caserne de Malines. On m'enferma dans une cellule, avec une famille. La femme n'arrêtait pas de parler. Je faisais semblant de l'écouter. J'aurais voulu la tuer.

Deux jours plus tard, la caserne était pleine. Il y avait là plus d'une centaine de juifs. J'en connaissais certains de vue.

On nous fit monter dans un train de marchandises. Le voyage dura trois jours. Des gens criaient, pleuraient, se disputaient. Nous n'avions presque rien à manger, parfois des pommes de terre encore vertes. Certains tombaient malades. Certains mouraient. Un matin, après cinq jours, le train arriva à destination. Le soleil m'aveuglait. Le ciel était chargé de poussière. Il flottait une odeur âcre. Des SS fatigués nous hurlaient dessus. Ils nous séparaient en deux files.

Je sus tout de suite que j'étais en Pologne.

Devant un baraquement, un vieil homme squelettique se tenait debout. Il portait une combinaison rayée et sale. Ses yeux étaient mornes. Il me regardait.

Cette photo traînait chez l'oncle Élie, dans l'armoire du coin du salon, et elle faisait tellement fantasmer Max Rabinovitch qu'il finit par la voler. Il la cacha sous son matelas et, les nuits, à la lueur d'une lampe de poche, il la regardait avec honte et excitation, jusqu'au jour où il comprit que cette jeune femme en short, aux cuisses rondes, musclées, dorées par le soleil, à la chemise entrouverte où l'on peut deviner la naissance de deux seins plantureux, cette jeune femme au visage insolent, c'était sa grand-tante Sarah.

Oui, mon nom est Sarah Rabinovitch.

Non, pas comme cela, ça ne s'est pas passé comme cela, les gens racontent n'importe quoi, c'est d'abord Richard qui m'a quittée, pour une idiote de vingt ans de moins que lui, grand bien lui fasse ! Il en mourra d'épuisement, j'en suis sûre ! Et ensuite, seulement ensuite, Paul est venu me dire que... Il est entré dans mon bureau – attendez, il faut que je plante le décor : je travaillais encore comme secrétaire à mi-temps, au Centre, c'était la pause de midi, je rangeais les classeurs, et Paul est entré, il a enlevé son écharpe, violemment – si, si, violemment, c'est possible d'enlever violemment son écharpe, je l'ai vu faire – tellement violemment que je lui ai demandé : « Paul ? Qu'est-ce qu'il y a, Paul ? » Et il m'a souri, de plus belle, il s'est assis sur la chaise face à moi, il m'a souri, d'encore plus belle, oui, d'encore plus belle, et il m'a demandé si j'avais quelque chose à faire, parce que lui, il voulait me parler – « Parler de quoi ? » ai-je demandé, un peu excédée je crois, je n'avais pas envie de parler, surtout pas à Paul, je le considérais un peu de haut, même si je lui reconnaissais des qualités, ces qualités que tout le monde lui reconnaissait, mais son tempérament moqueur, son léger sourire, la façon dont il ponctuait ses plaisanteries de petits rires entendus, tout cela me tapait sur le système, sans très bien savoir pourquoi – « Parler de toi, de moi, de nous deux », a-t-il dit – « Quoi, nous deux ? » – « On pourrait se marier, peut-être. »

A-t-il dit.

« Se marier. » Et « Peut-être », avait-il ensuite ajouté.

Tout s'est arrêté. Je suis restée scrupuleusement immobile. J'ai regardé Paul. Maintenant, il souriait tellement que ses yeux n'étaient plus que deux fentes, comme ceux de Mao Tsé-toung sur les photos, et je me suis rendu compte qu'il était laid, qu'il était vieux, et que le pire, dans toute cette affaire, c'était que moi, j'avais son âge, que moi aussi je devais être laide et vieille, et que lui, il devait me trouver repoussante, tout comme moi je le trouvais repoussant – c'est ce que j'avais pensé sur le moment, je n'avais pas le temps de réfléchir, parce que de Richard, par exemple, je n'avais jamais pensé ce genre de chose, Richard, je l'avais vu vieillir de dix ans à mes côtés, très lentement, et maintenant, avec Paul, c'est la même chose, cela fait vingt-deux ans que je vis avec lui, et même s'il a encore vieilli, pour moi, aujourd'hui, c'est l'homme le plus jeune du monde, le plus beau du monde et, pour lui, il me le répète à chaque occasion, tant qu'il le peut, pour lui, je suis la plus belle de toutes les femmes, et même si nous ne nous faisons pas d'illusion, c'est un amour de vieillesse, nous le savons, mais, de cette vieillesse, nous profitons le mieux possible parce que, bientôt, nous allons décrépir puis mourir – j'espère mourir la première –, je sais, je sais, c'est égoïste, mais je ne pourrais pas vivre sans lui, ni lui sans moi d'ailleurs, oui, on devient égoïste en vieillissant, et l'attention qu'on porte aux autres, c'est moins pour eux que pour soi-même, on n'a plus d'autre choix que de penser un peu plus à soi-même, c'est notre dernier tour de piste, on prépare la sortie et chaque chose qu'on fait, on la fait mal, parce qu'on est vieux, mais avec plaisir, parce que c'est la dernière fois qu'on la fait et que – vous me direz que j'exagère, mais j'ai quand même soixante-douze ans, il me reste, sans doute, dix ans à vivre, et

Paul, lui, il en a soixante et onze et il – hé oui, il est plus jeune que moi, de dix mois, de novembre à janvier nous avons le même âge, hé oui, je me suis dégotté un petit jeune ! cela n'a l'air de rien, mais dix mois, même dix mois, cela fait une différence, oh, pas énorme, mais suffisante pour me donner une certaine assise, une quasi autorité sur lui, suffisante, aussi, pour que l'on caquette derrière notre dos ; on dit que j'ai volé Paul à sa femme, que j'ai abandonné Richard pour lui, mais ce n'est pas comme cela que les choses se sont passées, vraiment pas – Gaddi aussi, Gaddi, mon premier mari, Gaddi aussi était plus jeune que moi, de deux ans, lui, mais au kibboutz et, à l'époque, cela n'avait pas beaucoup d'importance, aucune importance en fait, même si, depuis, ça a dû changer, les kibboutznikim, de nos jours, sont devenus des villageois comme les autres (enfin, il paraît), avec des mentalités de paysans, ce qu'ils avaient déjà, à l'époque, ils n'étaient pas mieux, somme toute, ou pire, que des paysans chinois, polonais ou africains, mais ils ne l'acceptaient pas, ils se le cachaient, ils jouaient les intellectuels affranchis, parce qu'à l'époque tout le monde au kibboutz voulait être libre et nouveau, un « Juif Nouveau » disait Gaddi, fier comme Artaban, avec la voix sans intonation des Sabras, leur dos droit et crispé, leur sécheresse, leur fausse dureté, il se calquait sur le cliché du Sabra et, comme tous les Sabras, non seulement il cachait ses angoisses, il les refoulait, parce que – il faut dire, pour le comprendre, que Gaddi était un combattant, un « fighter » qu'il disait – mais je l'ai vu, moi, éclater en sanglots quand il est revenu de Jérusalem et que la moitié de son groupe était mort, il voulait se suicider (qu'il disait), c'était trop atroce et je l'ai giflé, et il m'a giflée, on s'est battu, on a fini par faire l'amour, par terre, sur les dalles froides et il a joui en tremblant, parce qu'il avait peur, Gaddi, le palmakhnik, le héros d'Israël, moi, je lavais son linge et je peux vous le dire, pendant les opérations, il pissait dans son froc, le héros d'Israël, il chiait même, et il avait des cauchemars, il s'éveillait en sursaut – mais se tenir droit ! les fesses serrées ! toujours souriant ! danser la hora ! parce qu'il faut bien le reconnaître, leur Juif Nouveau – c'est maintenant que je dis ça, à l'époque, j'étais comme les autres, je ne voyais pas, je souffrais sans comprendre – leur Juif Nouveau, c'était un névrosé avec un sourire gravé sur le visage ! et tout le monde jouait le jeu ! Oui, c'était dur ! Certains mouraient, et ils devenaient des martyrs, le plus vite possible, des monuments, le plus vite possible, pauvres juifs qui étaient venus, là, juste pour crever, certains se suicidaient, d'autres devenaient fous, et tout le monde avait peur, et ceux qui maintenant disent le contraire, ceux qui parlent du bon vieux temps, qui jouent aux héros retraités, ceux qui en font un western, ceux-là, ou bien ils mentent, ou bien ce sont des assassins, des inconscients, parce que la guerre, ce n'est pas une fabrique de Juifs Nouveaux, c'est une usine à névrosés, et le kibboutz aussi, et le socialisme aussi, et la Haganah, toute cette merde a fabriqué un pays tout entier de névrosés. Moi, de toute façon, je le trouvais très phallocrate, leur Juif Nouveau, parce que, même au début, quand les femmes participaient à la Haganah, Gaddi ne voulait pas que j'y sois, il détestait me voir avec une arme dans les mains, parce qu'il m'aimait – qu'il disait – et qu'il s'inquiétait pour moi – qu'il disait – et plus tard, quand Yossi est né, il me racontait souvent (trop souvent) qu'il ne voulait pas que je prenne de risque, que je devais rester la gardienne de Yossi, parce que Yossi était la chair de sa chair, et moi, j'étais la mère de la chair de sa chair, et j'avais comme mission de rester en vie pour veiller sur notre fils – c'était d'ailleurs un de ses arguments, pendant des années, pour ne pas avoir un enfant : c'était trop dangereux, la situation n'était pas viable, pour un enfant, nous pouvions mourir, à tout moment, mais la vérité, c'est qu'il avait la trouille, le palmakhnik ! Se battre contre les Arabes, saboter chez les Anglais, ça oui, mais un enfant, les responsabilités, ça lui faisait trop peur ! Alors, comme je commençais à dépasser les trente ans et que je me disais : ma vieille Sarah, c'est maintenant ou jamais, hé bien, je l'avoue, je lui ai un peu forcé la main, je l'ai mis devant le fait accompli, mais quand il l'a eu, cet enfant, il s'est mis à s'inquiéter pour cet enfant, à devenir obnubilé par la sécurité de cet enfant, et ça, en fait, pour m'emmerder moi, et il me proclamait protectrice du sang de son sang, de la prunelle de ses yeux, de sa petite gazelle – mouais ! – et ces belles paroles en hébreu biblique ne l'ont pas empêchée de me tromper, parce que c'est lui qui m'a trompée, malgré tout ce qu'on a dit, derrière mon dos, jusqu'en Belgique, parce que moi, les hommes me quittent, ce n'est pas moi qui les abandonne, oh, ce n'est pas un constat d'échec, ce sont les hommes qui sont des cons, au point de ne pas me – personne ne veut le croire, parce que je suis belle, je ne me fais ni illusion, ni fausse modestie, j'ai toujours été et je suis toujours belle, une belle femme dans sa soixantaine, pardon, septantaine, aussi belle qu'on peut l'être à cet âge – où en étais-je ? ah oui, Gaddi, le beau Gaddi aux cheveux noirs et aux yeux bleus et à la peau brune qui sentait – qui sentait quelque chose, une odeur précise, je ne me rappelle plus exactement quelle odeur, j'ai le mot sur le bout de la langue, et j'en étais folle, à l'époque, de l'odeur de Gaddi, Gaddi qui, quand je l'engueulais, prenait un air désolé, comme un enfant qui a fait une bêtise, et je lui ai dit : « Gaddi, tu dois choisir entre elle et moi, tu dois décider avec qui tu veux continuer à vivre, avec qui tu veux vieillir », et je croyais sincèrement qu'il pencherait pour moi, qu'il resterait avec moi, sa femme, la mère de son fils, bien plus belle que l'autre, tout le monde s'accordait là-dessus, mais je n'ai sans doute rien compris à Gaddi, parce qu'il a pris l'autre, il est parti habiter avec l'autre Sarah, la Sarah aux grosses cuisses, et tout le kibboutz a pris sa défense, et les femmes avaient peur que leur mari couche avec moi, et les enfants hurlaient sur Yossi, qui tombait en pleurs, quand il me revenait, les deux heures quotidiennes que je passais avec lui, dans ma petite chambre, ma toute petite chambre, de nouvelle célibataire et, après quelques semaines, j'ai compris : le kibboutz était une bête blessée et, avec l'énergie du désespoir, il se défendait contre moi – pourquoi moi ? parce que mon mari le fighter m'avait quittée pour une puéricultrice aux grosses cuisses qui tremblotaient sous son short quand elle marchait. Vous trouvez ça juste, vous ? Moi pas ! J'ai même voulu porter mon cas à l'ordre du jour des réunions – c'est une démocratie, oui ou merde ? –, mais c'est un problème personnel, qu'on m'a dit, tu dois le régler d'une façon personnelle, qu'on m'a dit, et j'ai été dégoûtée à jamais de tous ces beaux parleurs, prêts à discuter pendant des heures sur les orientations du parti communiste soviétique, mais pas à tenter de résoudre un problème humain, un problème de couple et, quand j'ai annoncé que j'allais quitter le kibboutz, évidemment, ils ont eu peur, ou honte, ou des remords, je ne sais pas, et ils m'ont envoyé Yankel Lévy, dont la femme avait couché avec la moitié des hommes du kibboutz, pour finir par se remarier avec le maréchal-ferrant de Kfar-Ha-Tmarim, le kibboutz d'à côté, oui, Yankel Lévy, qui n'était pas un combattant, pas un parleur, pas un idéologue, mais juste un kibboutznik et, à trente-cinq ans, il avait le visage déjà ridé et les cheveux rares, parce que trop de soucis : sa femme, la guerre, les agrumes – il travaillait dans les agrumes et, à l'époque, des chenilles pourrissaient les fleurs des orangers avant même que – enfin, trop de soucis pour un homme si gentil, si doux, si effacé, et il est entré dans ma chambre, il a regardé de tous côtés sauf vers moi, tellement bizarre que j'ai cru qu'il allait me demander de coucher avec lui, ou quelque chose comme ça – ce n'était pas son genre, vraiment pas, mais bon, les hommes, on ne sait jamais – mais, en fait, non, il était venu pour me parler, il avait tout un discours, qu'il a laissé s'écouler de sa bouche comme la fumée d'une cigarette : « Je comprends ce que tu ressens, qu'il disait, les camarades du kibboutz ne savent pas comment t'aborder, ils ont peur de toi, ils ne te rejettent pas, c'est pas ça, mais ils ne comprennent pas tes réactions, ni leurs propres réactions, c'est fragile un kibboutz, les rêves, c'est toujours fragile, c'est toujours difficile à concrétiser, mais petit à petit ils apprendront, ils comprendront et, un jour, tout ceci sera oublié, et tu dois tenir jusqu'à ce jour, c'est dur, mais il faut tenir » qu'il disait, mais moi, je n'avais aucune envie de tenir, je ne voulais pas vivre pour le sionisme-socialisme-halloutzique, je ne croyais plus à toute cette merde, je voulais vivre pour moi et pour mon fils, alors j'ai pris un jour de congé et le bus pour Tel-Aviv et, là, j'ai téléphoné à Élie, qui m'a envoyé de l'argent pour les tickets d'avion et, deux semaines plus tard, je suis partie, comme une voleuse, avec Yossi et une valise de vêtements usés et personne dans le kibboutz ne m'a dit au revoir, sauf Yankel Lévy, et j'étais tellement émue qu'au portail, quand le bus est arrivé, je l'ai embrassé, pas sur les joues, mais sur les lèvres, comme un amant, ça m'a prise, là, sur le coup, et Yankel m'a regardée avec les yeux exorbités, ça lui faisait une mimique étonnée, qui m'a presque fait éclater de rire et, sur le chemin jusqu'à Tel-Aviv, j'ai regardé les champs maigres, les collines poussiéreuses, les vallons aux cours d'eaux asséchés, et j'ai senti peu à peu m'envahir une nostalgie par anticipation, parce que, je le savais déjà, j'allais regretter toute cette poussière, j'allais regretter ce pays, dont, jusque-là, je n'avais pas, vraiment pas, compris la beauté, et dans l'avion, l'angoisse m'étreignait le ventre, et Yossi courait dans tous les sens, j'ai dû le gifler pour qu'il accepte de s'asseoir et de fermer sa ceinture et, arrivée à Bruxelles, l'angoisse était à son comble, et quand j'ai vu le visage d'Élie qui m'attendait, j'ai fondu en larmes, je suis tombée dans les bras de mon frère, qui me tapotait l'épaule, en répétant : « Ça ira, Sarah, ça ira », mais avec un ton ennuyé, parce qu'il ne savait pas très bien quoi dire, sinon : « Ça ira, Sarah, ça ira », ce qui n'est pas grand-chose.

Je me suis d'abord installée chez Élie, avec Yossi, le temps de trouver un travail, de me retrouver, tout cela, j'ai travaillé dans un hôtel, à la comptabilité, deux ou trois ans, avant qu'Arié me trouve quelque chose de mieux, par sa femme – Arié avait changé, lui qui, avant-guerre, ne disait pas un mot, à présent, était devenu bavard, racontait une avalanche d'aventures dont il était le héros et, au début, je lui posais des questions précises, sur des lieux, des gens, mais plutôt que d'y répondre, il embrayait sur une autre péripétie, les yeux fixes, un sourire gelé sur les lèvres, comme s'il ne croyait pas tout à fait à ce qu'il disait, mais qu'il récitait et, comme tout le monde, peu à peu, j'ai cessé de le croire, parce que, de toute façon, une chose est sûre : il n'a jamais mis les pieds en Israël, qu'il décrit trop comme une Marrakech de film hollywoodien et, en plus, c'est un petit pays, j'aurais dû, sinon le rencontrer, au moins finir par en entendre parler, mais s'il n'a pas été résistant en Tchécoslovaquie, ni combattant du Stern, alors, qu'a-t-il fait toutes ces années ? qu'est-ce qui lui a donné ce regard brillant, cette peur constante ? Parce qu'il a la même peur que Gaddi et cette façon atroce de raidir le dos et la nuque et, alors que chez Gaddi, ces moments ne duraient que quelques instants, une ou deux secondes à la fois, Arié, depuis la guerre, par contre, je ne l'ai vu que comme cela ! Arié a connu la guerre, le combat, ou quelque chose d'aussi traumatisant, ou même de pire ! Je le sens chaque fois que je l'entends parler, chaque fois que mes yeux croisent les siens.

Non, de mes deux frères, il n'y a qu'Élie qui soit resté le même, il n'y a que lui que la guerre n'ait pas cassé, mais il était trop bête pour être cassé, tout le monde croit Élie supérieurement intelligent, il le croit lui-même, il a lu tous ces livres sur la psychologie, la sociologie, l'économie, il a tout un éventail de grandes phrases, de mots savants, qu'il vous expose même si vous ne voulez rien en savoir, mais je ne peux pas m'empêcher de le trouver bête – où en étais-je ? ah oui – le temps de trouver un travail, un appartement, de m'adapter, d'adapter Yossi, je suis restée deux ans célibataire, pas même une aventure ou une coucherie, rien de tout cela, parce que tout cela, ça ne se faisait pas trop en Belgique, dans les années 50, et j'ai cru que j'allais rester célibataire le restant de ma vie, et j'ai rencontré Richard.

D'abord je l'ai trouvé laid, Richard, il avait la bouche fine, presque sans lèvres, le visage allongé, le menton en galoche, mais une voix douce, envoûtante même, au point que vous ne pouviez que l'écouter et, au début, j'étais partagée entre sa voix et son visage, je n'arrivais pas à les associer chez un même homme, je passais de l'un à l'autre comme une, comme une – comme cela s'appelle encore ? – et, soudain, un jour, je l'ai trouvé beau, ce qui est important, car il faut trouver la personne avec laquelle on vit belle, même si elle ne l'est objectivement pas, surtout si elle ne l'est objectivement pas.

Richard, c'était l'ami d'une amie, ils avaient été amants, je ne devais l'apprendre que plus tard et, petit à petit, rencontre après rencontre, plus ou moins fortuites, Richard et moi, nous nous sommes rapprochés l'un de l'autre, sans vraiment nous rendre compte que nous nous plaisions, que nous étions charmés l'un par l'autre et, avant même que nous n'ayons commencé notre liaison, le ragot se propageait déjà : nous étions faits pour nous rencontrer, disait-on, nous allions si bien ensemble, disait-on, nous formions le couple idéal, mais notre couple idéal n'a pas tenu plus de dix ans, et encore ! après déjà deux ans, je sentais que c'était le début de la fin, une fin très longue, très pénible, de huit ans... Nous avions essayé d'avoir un enfant, en vain, et il disait que c'était ma faute, parce que ça ne pouvait pas être de la sienne, oh non, certainement pas ! Mais moi, je tombais enceinte sans problème. Pour Yossi, une fissure dans le caoutchouc avait suffi pour – mais Richard ne voulait rien entendre, ça le remettait trop en question et il détestait cela, être remis en question, remis à sa place, perdre son piédestal, alors il argumentait, il s'échauffait, se disputait, et pas qu'avec moi, avec Yossi aussi. Bon, Yossi, adolescent, il faut bien l'avouer, Yossi n'était pas un garçon facile, il pouvait devenir agressif, il m'a plusieurs fois insultée et je l'ai giflé, parce qu'on n'insulte pas sa mère, mais Richard était jaloux de Yossi, de l'existence de Yossi, parce que c'était mon enfant, pas le sien, et que lui sans doute n'aurait jamais le sien. Richard n'avait pas que des défauts, c'était plutôt quelqu'un de correct, mais bon, au fil des années, je le sentais qui se désintéressait de moi, même s'il faisait les gestes, l'amour, me souriait, tout cela, mais c'était un rôle qu'il continuait à tenir, mécaniquement, et moi, j'espérais – j'espérais quoi ? Qu'il change. Ou que moi je change. Enfin, que quelque chose se passe, un *deus ex machina*, qui nous jetterait de nouveau dans les bras l'un de l'autre, comme au premier jour. Je ne faisais rien pour cela, sans doute parce qu'il n'y avait plus rien à faire, parce que notre couple ne pouvait plus, ne parvenait plus à, ne réussissait plus à, parce que les couples, un jour, arrivent à leur terme : usure des jours, on se connaît bien, de mieux en mieux, on arrive à se connaître trop bien, il n'y a plus de surprise ; les couples se défont, ou implosent et, à une soirée chez des amis, une soirée très gaie, d'ailleurs, un barbecue, cela ne se faisait pas encore fréquemment à l'époque, ou bien c'était moi qui n'en avais jamais entendu parler, et nous avions bu, nous avions ri et, en rentrant, dans la voiture, c'était l'été, il faisait chaud, en rentrant dans la voiture, en s'asseyant derrière le volant, en regardant fixement devant lui, Richard m'a dit : « Je te quitte... » pour, ensuite, ajouter, d'une voix plus basse : « Pour une autre femme. » Je n'ai rien répondu, j'ai vaguement hoché la tête et le reste du voyage s'est déroulé dans le silence le plus complet et nous sommes arrivés à la maison, enfin, à ce qui avait été notre « maison » à tous les deux, depuis dix ans, un immeuble jadis sans doute blanc, maintenant noirci, je suis descendue et

Richard, lui, il est resté assis dans la voiture, avec un petit sourire triste, et j'ai su, en voyant ce petit sourire triste, un sourire d'enfant bizarrement collé sur son visage découpé par les rides, à ce sourire j'ai su qu'il n'allait pas descendre de la voiture, qu'il n'allait pas rentrer avec moi dans l'appartement, qu'il allait partir, là, tout de suite, et que je ne pourrais rien faire pour l'en empêcher, ou bien un esclandre, mais qui ne servirait à rien, qui ne l'empêcherait pas, au contraire, de partir. Alors j'ai fermé les yeux, j'ai bouché mes oreilles et, même les oreilles bouchées, j'ai pu entendre la voiture qui démarrait et, au moment où je n'ai plus entendu le moteur, au moment où son ronronnement s'est confondu avec le ronronnement de la ville, j'ai ouvert les yeux et j'ai pleuré, et je me suis rendu compte que sur le trottoir d'en face, deux vieilles s'étaient arrêtées pour me regarder, comme on regarde un animal dans un zoo, et j'ai voulu les insulter, toutes les deux, les traiter de sales putes, de salopes, mais j'ai juste pleuré de plus belle parce que, dans mon entourage, dans ma famille, nous avons toujours besoin d'un public, les grandes séparations se passent souvent comme ça, après des soirées, des fêtes, ou parfois même pendant la fête, devant tout le monde, par exemple, c'est à une soirée familiale que Marie a quitté Yossi, une soirée chez Nathan, à l'époque où Nathan vivait encore avec Ariane, Ariane 2, celle aux cheveux bruns frisés, et ils faisaient, en couple, des crises de judaïsme aigu : fêtes, shabbat, etc., sans connaître vraiment les rites, en se documentant dans des livres, en lisant les prières, dans un hébreu tellement bizarre que je devais me retenir d'éclater de rire. En général, c'était un peu pitoyable, cette façon de se forcer à être juif, surtout de sa part à elle, catholique de Namur, c'était pitoyable, ridicule, inutile, quels efforts pour s'intégrer !... S'intégrer dans quoi, d'abord ? Y a-t-il quelque chose de juif, encore, chez Nathan ? Quelque chose de naturellement juif ? Et chez ses deux fils, tellement belges qu'il ne leur manque que l'accent !

Là, par exemple, ce jour-là, Pessah, pour Max, c'était juste une grosse mascarade folklorique, et il ne ratait pas une occasion pour faire une blague, le Max, une blague un peu méchante et en même temps, tout de même, affectueuse, comme le font si bien les Belges. Son frère, Ernest, lui, restait, sérieux et distant, comme d'habitude, déployant son grand corps avec lenteur, belle araignée sombre aux mandibules délicates, qui tissent des fils invisibles dans l'air, autour de vous, Ernest, qui, lui aussi, avait des accès de judaïsme aigu, qui avait fait deux ou trois mouvements de jeunesse plus ou moins sionistes, connaissait les rites, les prières, dont l'hébreu était mauvais mais probable, mais lui aussi faisait semblant, se forçait, et ça sentait le réchauffé, ce Pessah, mais revenons à Yossi, mon fils : depuis le début de la soirée, Marie ne semblait pas dans son assiette, nerveuse, et Yossi ne disait pas un mot, il regardait ses mains, examinait ses doigts, scrutait chaque ongle, avec une concentration exagérée, tellement exagérée que je lui ai demandé, distraitement, je n'avais pas compris qu'il était en train d'amorcer une crise, je lui ai demandé : « Il y a quelque chose qui ne va pas ? » – « Tout va bien », m'a-t-il répondu – sans même se forcer à sourire, mais Aline a détourné mon attention, en me parlant de, de, de, je ne sais plus de quoi.

Il faut avouer que je n'ai jamais trouvé Marie convenable pour Yossi, elle était trop jeune, dix ans de moins que lui, et sans expérience, Yossi non plus n'a pas beaucoup d'expérience du couple, de tout cela mais, justement, il aurait plutôt besoin d'une femme de son âge, une femme qui ait vécu et qui puisse, elle, combler son manque d'expérience à lui, une femme qui le devinerait, le manœuvrerait, qui ne soit pas à la recherche du prince charmant, mais qui voudrait un homme, un vrai, en acceptant ses petits défauts, ses petites manies, ses sautes d'humeur, ses mauvais côtés comme ses bons, au lieu de juste le secouer comme un cocotier, comme l'a fait, souvent, trop souvent, cette petite idiote de Marie – excusez-moi, je me suis emportée, je ne pense pas vraiment que cette fille soit idiote, vraiment pas, elle était juste trop jeune, parce que, sinon, en fait, elle me plaisait, nous nous entendions plutôt bien pour une belle-mère et une belle-fille, mais elle ne correspondait pas à mon fils. Voilà. C'est tout. Tout d'abord, elle était trop coquette et (venant de ma part cela pourrait sembler contradictoire) trop belle, autrement belle que moi, parce que moi, je subis ma beauté, oh, riez seulement, mais Marie, elle, elle la cultivait, alors qu'elle est, en fait, tout de même, beaucoup moins belle que moi et, par-dessus tout, elle avait un caractère de cochon, n'acceptait aucun compromis, alors qu'être une femme, c'est voguer péniblement de compromis en compromis, non ? Vous ne trouvez pas ? Si elle avait mis un peu d'eau dans son vin, au moins cette dernière dispute n'aurait pas été aussi définitive, comme un assassinat, parce que cette fille (j'étais là ! j'ai tout vu !), elle a assassiné son couple ! En public !

La dispute a surgi soudain, au détour d'une phrase, une dispute déjà très forte, la face de Marie était toute cramoisie, elle criait en postillonnant, et Yossi, lui, rugissait, le visage figé, sans la regarder, et tous les reproches possibles étaient passés en revue, vie commune, manies, problèmes sexuels, et la famille ne pipait mot, certains regardaient un point précis, le sol, le plafond, leur assiette, leur montre, d'autres, au contraire, comme moi, passaient de Yossi à Marie, puis en sens inverse, et tentaient, peut-être, de dire quelque chose, d'interrompre le flot des invectives, de, et soudain Marie s'est calmée : « Je te quitte » qu'elle a presque murmuré, mais dans un tel silence que toute l'assistance l'entendit dire à mon fils qu'elle le quittait. Et j'ai eu mal comme si on avait plongé un acide dans ma matrice et cela me rongeait depuis mon ventre jusqu'à mon bassin, comme une seconde naissance de Yossi, une naissance rien que de douleur et de sang, une naissance à mort.

Marie a fini par se lever. Yossi ne réagissait plus, il regardait fixement sa fourchette, retroussait sa lèvre inférieure, en penchant sa tête pour cacher ses yeux dans l'ombre, et « Yossi, je te quitte » qu'elle a encore répété, et Yossi faisait pivoter sa fourchette dans la lumière, puis l'a déposée sur la table et a hoché la tête, sans rien dire de plus, a juste hoché, dodeliné un peu la tête et, nous tous, les Rabinovitch, nous, on le regardait, sans trop savoir que faire, que dire, qu'éprouver, et ce n'est que quand elle a fermé la porte que nous nous sommes rendu compte que Marie était sortie. Depuis ce jour-là, Yossi se laisse aller, il prend du poids mais, oh, je suis sûre, il va se ressaisir, il va rencontrer quelqu'un, il aura des enfants, mais quand ? Ne sera-t-il pas trop tard ? Serai-je encore là ? Yossi a bientôt quarante ans et je suis inquiète, j'ai toujours été inquiète pour Yossi, tout petit déjà, il était souvent malade et, il faut dire que dans les kibboutzim, des enfants mouraient de méningite ou de la polio, parfois même se déclenchaient des épidémies, de choléra par exemple, les enfants tombaient comme des mouches, et moi, je l'aimais tellement, ce petit garçon au visage si fin, pas du tout comme moi enfant, je ne crains pas de le dire : j'étais une petite fille moche mais heureuse, très heureuse, parce que j'ai eu une enfance magnifique, ça, je le sais, même si je n'ai que des souvenirs vagues du shtetl, mais des souvenirs joyeux, des images brumeuses, des petites scènes pleines de vie, je vois des hassidim qui dansent en rue en se tenant la main, des fêtes où tout le monde chantait, des visages très beaux, très vieux, éclairés par la bougie du shabbat, une neige épaisse et blanche, qui assourdissait tous les sons, un ciel bas et orageux, les yeux verts de Rifkele – elle me manque, Rifkele, ma grande sœur, toujours prête à m'aider, à me soutenir, à me dorloter, je me rappelle bien son visage, la douceur de son visage et, par contre, je ne me rappelle plus très bien mon père, mais je me rappelle que lui et ma mère se disputaient souvent, jusqu'à ce que ce que ma mère le chasse et il fut tellement malheureux qu'il se soûla, de taverne en taverne, aux alentours de la ville, et qu'alors arriva son frère, Zeboulon, celui que nous appelions « la taupe », parce qu'il avait une drôle de tête, allongée vers l'avant, le front long et fuyant, et encore maintenant, je me demande : comment notre mère a-t-elle pu avoir des relations sexuelles avec lui ? Car c'est lui, j'en suis sûre, qui est le père d'Arié, je ne le lui ai jamais dit, ça ne se dit pas, des choses pareilles, mais quand ma mère est tombée enceinte d'Élie, cela faisait plus d'une année qu'elle n'avait plus dormi avec notre père, et Zeboulon, lui, il était aux petits soins avec elle, c'était le genre à ramasser les miettes, le Zeboulon, il donnait de l'argent, nous offrait des vêtements, et, souvent, ils avaient de longues conversations ensemble, Zeboulon et ma mère et, avec lui, avec lui seulement, elle souriait, elle était heureuse, je ne la blâme pas, ne la juge pas non plus, elle avait bien besoin d'un peu d'affection, besoin de la chaleur d'un corps d'homme, besoin, comme nous tous, de sentir des bras autour de son torse, de sentir des bras la serrer, de se sentir aimée.

Parce que c'est ça un être humain.

C'est cette chose avec deux jambes, deux bras, qui a besoin d'affection et d'amour, et qui n'arrive pas à en donner, ou de manière tellement maladroite, comme, par exemple, Martine, la fille aînée d'Arié, c'est parce qu'elle avait tellement besoin d'amour qu'elle est devenue folle, besoin d'un amour que son père n'arrivait pas à lui donner, ou si mal, qu'il la blessait d'amour, parce que, croyez-moi, l'amour peut devenir une arme, tranchante comme une lame, et j'étais là quand elle a été internée, c'est une des choses les plus terribles que j'aie vues, cette petite fille, elle avait quoi ? Dix ans ? Douze ans ? Cette petite fille qui soudain hurlait, secouait la tête, s'écroulait en larmes, démente, et c'était – comment s'appelait-elle encore ? –, c'était la femme d'Arié qui m'avait appelée, en pleurs, parce qu'il faut dire qu'Arié s'était dégotté la femme la plus idiote, la plus laide et la plus grosse que recelait la communauté juive de Belgique – je ne me souviens plus de son nom – ça va me revenir – enfin, elle m'a téléphoné, en pleurs, pour me dire qu'Arié refusait de laisser interner Martine, ce que je trouvais logique, qui voudrait interner une petite fille ? Logique jusqu'à ce que j'arrive et que je voie Martine qui ne se conduisait plus, la pauvre, comme un être humain, mais comme une bête, devenue une bête par manque d'amour, une boule de manque d'amour qui pleurait, vomissait, hurlait, et je me suis rendu compte que oui, il n'y avait pas d'autre solution que de la faire interner, elle serait plus heureuse internée, ne serait heureuse qu'internée, et elle cesserait de faire mal aux gens autour d'elle, et j'ai été parler à mon frère, qui s'était retranché dans son bureau, qui tenait un papier en main, un imprimé quelconque, sans le regarder, il regardait par la fenêtre, l'air terriblement concentré et sérieux. « Elle ne sortira pas de cette maison » qu'il m'a dit, sans même se tourner vers moi, avec une telle force qu'il n'y avait rien à y ajouter, et j'ai fait alors ce que j'avais à faire, la seule chose que je croyais possible, j'ai pris mon petit frère de presque cinquante ans par l'épaule, je l'ai pris par l'épaule, je l'ai retourné, je l'ai giflé et il m'a regardée comme un enfant, comme quand il avait dix ans et que maman le giflait, et je me suis rendu compte que, lui aussi, il manquait d'amour, que depuis que maman était morte, il était perdu, et que la guerre, oui, la guerre, je veux dire, Arié, il était là, il nous parlait, mangeait, marchait, mais il ne vivait plus vraiment, il était mort, Arié, mort, quelque part dans les années 40, mort et perdu, et, depuis, c'était juste son enveloppe qui vivait, branchée sur pilotage automatique, il n'était plus qu'un fantôme, et nous sommes tous des fantômes, nous formons une génération de fantômes, nous aurions dû mourir, là-bas, avec les autres, mais nous ne sommes pas morts, nous sommes ici, rescapés, à tenter de vivre, une génération de fantômes qui hante le monde. Et nous tirons péniblement notre boulet. Croyez-moi.

Ici, comme chaque fois sur les photos, Arié Rabinovitch s'arrange pour montrer son profil gauche – celui sans doute qu'il estime le plus photogénique. Autour de son cou, avec une négligence calculée, est noué un foulard de soie lustrée rouge. Il a un sourire sardonique. Ses yeux sont sombres.

Cette photo doit dater de la fin des années 60 : il a encore quelques dernières mèches de cheveux noirs et sa moustache n'est pas encore effilée, mais bien fournie.

Je m'appelle Arié Rabinovitch, mais je préfère qu'on dise « Harry », en prononçant le « h », ce qui fait anglais, et plus chic. J'ai toujours admiré les Anglais, même quand je les combattais, en Palestine. Ce sont, certes, parfois, des êtres détestables, mais on trouve toujours chez eux une bravoure tranquille et sèche, un humour discret, tonique, un esprit de justice implacable et, surtout, un style. Moi-même, je pourrais résumer ma vie à la recherche d'un style, c'est-à-dire d'une manière juste de manger, de boire, de parler, de faire l'amour aux femmes, de me battre, et, pourquoi pas, quand l'occasion s'en présentera, de mourir. C'est à cause de cela, sans doute, que certaines personnes me prennent pour un menteur, ou un fanfaron – si, si, « fanfaron », c'est un mot qui m'a été plusieurs fois rapporté – oh, ils ne me le disent pas en face, mais je les sens qui me critiquent, je les sens narquois, et cela jusque dans ma propre famille, jusqu'à mes deux filles, tellement chéries et tellement décevantes. Je suis trop bon, trop intègre. Parfois, je me demande : à quoi bon tous ces efforts ? Car ils ne me prennent pas au sérieux, ils me méprisent, surtout ceux que je côtoie, des juifs pour la plupart. Je dois vous avouer quelque chose d'un peu honteux : en vérité, je n'aime pas trop les juifs. Je ne suis pas antisémite, loin de là ! Après tout ce que j'ai fait pendant la guerre ! et en Palestine ! Mais je n'aime pas la compagnie, la conversation, la présence des juifs – tandis qu'un Anglais ! Cette classe tranquille ! Ce calme ! Ce délicieux humour !

Malheureusement, dans mon entourage, malgré mes efforts, pas le moindre Anglais, pas même un Britannique ou, simplement, un membre du Commonwealth... Tandis que des juifs, à foison ! De toutes les origines ! De tous les types ! Je ne suis entouré que de juifs, cette marmaille orientale qui parle trop fort, s'habille mal et raconte des blagues vulgaires...

Mon premier Anglais, le premier que j'ai vu de près (nous n'avons pas sympathisé, nous n'en avions pas eu le temps), c'était pendant la guerre, en Bohème. Nous attendions un largage d'armes. Les Allemands avaient abattu un des avions. J'avais repéré un parachute, plus loin, à l'ouest. Avec un commando de cinq fidèles (tous sont morts par la suite : embuscades, exécutions, tortures ; des hommes admirables : simples, brutaux, mais dévoués) avec mes cinq fidèles, donc, je partis le chercher. Ce fut une marche de deux ou trois heures, en zigzag, où, plus d'une fois, nous fûmes sur le point de tomber nez à nez avec des patrouilles allemandes.

L'Anglais nous attendait, adossé à un arbre, immobile, avec en bouche une cigarette (évidemment éteinte). Il était grand, mince, et sa face était constellée de taches de rousseur. Il avait soigneusement plié son parachute, l'avait posé à ses pieds et tenait un parapluie fermé sous le bras droit. C'était un pépin noir, immaculé, comme je n'en avait plus vu depuis avant la guerre. L'Anglais nous accueillit avec un « Hello-hello » enjoué et un petit salut de deux doigts, un salut plus amical que militaire, comme si nous étions de vieilles connaissances, rencontrées dans une rue de Londres, un soir de brume. Je lui fis signe de nous suivre. Il opina du chef et nous emboîta le pas.

Nous devions franchir les lignes allemandes, parfois ramper dans l'ombre, centimètre par centimètre. C'était un trajet d'une dizaine de kilomètres, qui nous prit toute la nuit. L'Anglais restait les mains dans les poches, le parapluie sous le bras, comme s'il participait à une balade d'agrément. Régulièrement, les nuages, bas et gris, éclataient en une pluie serrée. L'Anglais nous montrait alors son parapluie du doigt et demandait « Can I ? » C'était dangereux, voire même suicidaire, d'ouvrir un parapluie alors que nous étions cernés par les Allemands ; nous ne pouvions lui répondre que : « No, you can not. » À chacun de nos refus, il hochait la tête, sans montrer la moindre contrariété.

Ce qu'il y a de bien avec les Anglais, c'est qu'ils ne mentent pas, n'ergotent pas, n'essayent pas de vous rouler. Vous savez toujours à quoi vous en tenir. Parfois, cela en devient terrifiant : en Palestine, par exemple, j'avais été arrêté et on m'avait confié à un petit sous-officier noiraud qui m'insultait avec un accent cockney épouvantable. La chaleur ou le changement d'alimentation l'avaient rendu pétomane et, après chaque phrase, il émettait un pet.

Ma situation était désespérée : je n'étais même pas un prisonnier de guerre, mais un vulgaire terroriste ; je risquais la pendaison. Pourtant, après une pétarade particulièrement tonitruante, je fus pris d'un fou rire irrésistible, gorge déployée, jusqu'à ce qu'il me gifle à toute volée : « Ça te fait rire, jew-boy ? » et il continua à me frapper en hurlant, ses pets ponctuaient chacun de ses coups, la douleur m'étourdissait, une douleur de plus en plus forte et intolérable, pendant que la petite cave, sombre et humide, s'empuantissait de ses gaz.

Il voulait que je donne les noms de mes camarades. Il me rouait de coups, me menaçait, me hurlait dessus et, à force de cris, de gifles, de pets, naquit en moi une peur panique. Je ne sais pas si j'aurais résisté très longtemps à sa façon de commander en hurlant. Il me donnait envie d'obéir ; je ne concevais plus d'autre solution qu'obéir. Si je n'avais pas été libéré le soir même par des camarades du Stern, je crois que j'aurais fini par tout avouer.

La frontière entre le héros et le traître est une affaire de contexte et ne tient, souvent, qu'à de tout petits détails.

Vous vous demanderez : comment étais-je arrivé en Palestine ? En fait, très simplement : j'avais pris un avion rempli d'armes (trop rempli ; nous avions des problèmes pour décoller) que le gouvernement tchécoslovaque envoyait clandestinement aux juifs. Des historiens me contrediront peut-être, affirmeront que l'aide de l'URSS et de la Tchécoslovaquie n'a commencé qu'en 49, mais moi, j'étais dans l'avion, c'était en 46, je sais de quoi je parle tout de même.

Avec nous, était monté un sioniste, un grand chauve nerveux, toujours humide de sueur. Nous avons sympathisé. Il m'a proposé de rejoindre le Stern. J'ai répondu : « Pourquoi pas ? »

De toute façon, c'était devenu dangereux, pour moi, de rester en Tchécoslovaquie. La situation était de plus en plus politique et je n'ai jamais été une de ces anguilles qui savent échapper aux mailles. J'étais jeune et exalté. La guerre, le danger, l'aventure, tout cela me manquait. Il fallait que je file à l'anglaise.

Vous me demanderez aussi : pourquoi le Stern ? Maintenant, on en parle comme d'une organisation quasiment fasciste mais vous devez vous replacer dans le contexte de l'époque : on approchait de l'indépendance, les Arabes s'échauffaient, les Anglais se préparaient à partir, les mouvements sionistes collaboraient entre eux sans sectarisme. De toute façon, j'étais un aventurier, pas un politique, ni même un militaire. Je suis allé au Stern parce que j'avais rencontré un membre du Stern. C'est tout.

Je voulais de l'aventure ; j'en ai eu, jusqu'à plus soif. C'était mes belles années. Oui, j'ai risqué la mort, mais au moins je me sentais vivre. Après, cela n'a été que merdeux.

Je n'aurais pas dû revenir en Belgique. Quand le Stern, l'Irgoun et la Hagana ont été dissous, je sentais que je ne pourrais pas rester dans ce qui allait devenir l'armée israélienne. J'ai toujours été une tête brûlée, prêt à faire le coup de feu, mais pas à obéir, à saluer, à marcher au pas. Alors, au début des années 50, je revins à Bruxelles. Je croyais qu'on allait m'accueillir à bras ouverts. Je croyais que j'allais facilement trouver un beau travail. J'ai dû faire mon trou, tout seul. Personne ne m'a aidé. Surtout pas les juifs.

Je finis par dénicher une place de représentant en articles de mercerie, sur la Belgique. Élie se moquait de moi : lui, avant-guerre, il avait vendu du verre dans toute l'Europe !... Il me proposa de m'associer avec lui, dans une société d'import-export. Je refusai. Il était autant commerçant que moi danseuse étoile au Bolchoï! Il fit presque faillite une bonne dizaine de fois, ne s'en sortant que de justesse, recommençant au pied levé, avec enthousiasme, dans un autre secteur d'activité, tenta de revendre des copies de tapis turcs fabriqués au Mexique, fit venir de Hongrie des containers de chemises trop courtes pour des nains, solda des stocks de faux caviar, spécula sur l'immobilier, acheta, vendit, liquida et, chaque fois, croyait faire fortune et, chaque fois, perdait tout.

Je préfère tout de même ma place, moins grisante, plus stable, de représentant en mercerie.

Au milieu des années 50, à un mariage (celui de David Merkovitch, le frère de Gérard), je rencontrai celle qui allait devenir ma femme. Jusque là, je n'étais jamais tombé amoureux. J'attendais la princesse charmante, une Anglaise certainement, à la beauté chevaline, à l'accent délicieusement aigu, au port noble, une femme que j'imaginais plus mince, plus élégante, plus grande que moi. Mais ce fut Michelle Rachevski.

Avant même de lui parler, j'étais amoureux d'elle. J'avais décidé sciemment de tomber amoureux d'elle. Pour moi, ce n'était pas une femme, c'était l'apparition d'un ange du Tout-Puissant. Elle avait de longs cheveux noirs, fins, qui partaient dans tous les sens, comme ceux d'une sorcière. Sa peau était si pâle que des veinules étaient visibles en dessous de ses yeux. Plutôt forte, elle s'habillait pour avoir l'air voluptueuse.

Je tentais de détailler ses traits, pour m'en souvenir plus tard, mais ces traits formaient un tout et ne se laissaient pas séparer. Aujourd'hui encore, je serais incapable de dire si elle a le nez court ou long, la bouche large ou mince, un grand front ou un petit ; mais je peux me rappeler, d'un coup, son visage tout entier.

Au mariage de David Merkovitch, je la mangeais des yeux, si fort que parfois je devais détourner le regard, de peur d'user cette vision et, aussitôt, je ne pouvais m'empêcher de la regarder de nouveau. Elle n'était certainement pas belle, mais elle avait ce quelque chose, ce quasi rien, qui me convainquit qu'elle était la femme de ma vie. Je demandai à Gérard qui était cette femme. Sans quitter son verre des lèvres, en ne la regardant que de biais, il lâcha : « Elle ? Oh, c'est Michelle Rachevski !... » Je n'osai pas aller lui parler, là, au mariage, mais plus tard, par l'intermédiaire de Gérard Merkovitch, justement, je m'arrangeai pour la rencontrer, et j'étais de plus en plus amoureux, enferré dans cet amour, coincé par cet amour, tellement coincé que je restais amoureux alors que je me rendais bien compte qu'elle était mesquine, un peu bête, qu'elle avait des tics qui m'insupportaient, aucune conversation, qu'elle se laissait vivre, amorphe comme une vache qui regarde passer les trains, et je ne pus m'empêcher de la séduire, l'embrasser, me marier avec elle, lui faire l'amour, des enfants, des filles, deux.

Je suis séparé d'elle depuis plus de dix ans et, maintenant encore, quand je la vois, je ressens une bouffée d'amour qui me triture l'estomac, comme une crampe. Je ne la vois qu'accompagnée par ce crétin d'Albert Stein, son mari, surveillée par ce crétin d'Albert Stein et, en même temps que la bouffée d'amour pour elle, je sens une bouffée de haine pour lui. Je pourrais le tuer. Je n'aurais même pas besoin de courage pour assassiner une larve comme Albert Stein. Croyez-moi, j'ai déjà tué des hommes. C'était il y a longtemps mais, avec un peu de haine, c'est comme le vélo : cela ne s'oublie pas. Je lui fracasse la tête, sans aucun effort ; je l'étrangle ; je l'étouffe ; avec une chaise, je lui défonce la poitrine, jusqu'à faire éclater ses poumons.

Je sais que ce crétin d'Albert Stein interdit à Michelle de me voir et, surtout, et plus cruellement, lui interdit de voir ses filles. Mais Bruxelles est trop petit et la communauté juive plus petite encore : tous les deux ou trois ans environ, nous finissons par nous rencontrer par hasard. Nous nous forçons à de grands sourires.

Je suis toujours, encore et encore, amoureux de Michelle Rachevski. Je n'ai jamais eu envie d'une autre femme. J'en ai fréquentées, mais en me forçant, et cela n'a jamais duré. Vous ne me croyez sans doute pas. Vous pensez que je fabule. En fait, c'est un handicap, d'être là, comme un crétin, amoureux d'une grosse idiote, de plus en plus grosse et vieille et ridée et couverte de maquillage criard, une idiote qui m'a quitté pour un dentiste (piètre dentiste, d'ailleurs !) parce qu'elle est idiote, Michelle Rachevski ! C'est elle, par exemple, qui a eu cette idée crétine de donner à nos deux filles des noms qui finissent en « ine » : Martine et Aline (et elles auraient dû être suivies par Corinne, Géraldine, Delphine, Catherine, et cetera-ine). J'aurais préféré des noms juifs. J'aurais bien voulu donner, au moins à l'une de mes filles, le prénom de ma mère, Malka. Peut-être qu'avec des noms juifs, mes filles auraient été moins décevantes : qu'est-ce que l'on sait réellement de l'influence des noms sur le caractère des gens ?

Parce que, oui, je ne crains pas de le dire, mes filles, qui auraient dû être ma joie de vivre, mes filles n'ont pas cessé de me décevoir. Je n'ai pas de préférée. Je ne suis pas comme ces parents qui favorisent l'un ou l'autre et plongent leur progéniture dans des disputes insolubles, ce qui les mène tout droit à des dérèglements. Non. Je les chéris toutes les deux autant. Quand je les vois devant moi, oisillons effarouchés, tombés du nid, je veux les entourer de mes bras, les protéger, leur dire quelque chose de rassurant, juste une phrase, un mot gentil, mais elles ne font pas attention, ou elles me comprennent de travers, et cela dégénère en disputes, disputes où j'ai toujours tort et elles toujours raison. Je ne suis pas fautif. C'est elles et, à travers elles, mon ex-femme, qui brisent tout. Moi, je voulais créer une famille unie et heureuse. Je ne négligeais rien : poupées, cours du soir, vacances, vêtements, cadeaux ! Mais Martine est énervée – pas folle ! Celui qui dit qu'elle est folle, je le tue ! Ma fille est juste un peu énervée !

Et Aline... Aline est méfiante. Elle me regarde de biais. Souvent, nous tentons de lier contact de nouveau, nous mangeons ensemble dans un quelconque restaurant exotique, mais elle lâche une remarque blessante, ou elle réagit mal à un mot que je prononce, et le repas se termine dans un silence pesant.

Je les aime, mes deux filles. J'ai tout fait pour elles. Je voulais leur bonheur parce que moi, enfant, je n'y avais pas eu droit, au bonheur.

Ma vie, ce fut d'abord ma mère. Elle prenait toute la place. Elle m'étouffait en hurlant. Elle m'étouffait d'affection.

Elle basculait d'un sentiment à son contraire, ne cessait de me surveiller, de m'espionner, d'insinuer que je lui mentais puis, d'un coup, elle devenait exagérément câline, jusqu'à me déranger.

Régulièrement, elle me giflait. Je le supportais de moins en moins. J'étais sûr qu'un jour je ne pourrais plus me contrôler et que je la giflerais en retour. Chaque fois, je sentais ma fureur croître, mais je n'arrivais pas à bouger. Je devenais une statue de fureur immobile.

J'étais la seule préoccupation de ma mère. Elle voyait de plus en plus rarement mon frère et mes sœurs, et elle n'avait aucune amie à Bruxelles, aucune connaissance, aucune famille. Elle ne parlait que yiddish. Je lui servais d'interprète.

J'étais un enfant angoissé. Je me rappelle avoir eu peur, plusieurs fois, que le monde s'arrête, que le ciel souvent lourd de Bruxelles ne s'écroule et m'écrase, que les gens dans la rue se transforment en loups, se jettent sur moi, me déchiquettent et me mangent.

J'avais sept ou huit ans et, dans la cour de récréation, un garçon me traita de bâtard. Il n'avait sans doute aucune idée de ce que cela voulait dire. C'était juste une insulte qu'il avait entendue quelque part et que, maintenant, le visage déformé par une jubilation féroce, il me répétait. Le soir même, je demandai à Élie ce que voulait dire le mot « bâtard ». Il m'expliqua, très docte, que c'était quelqu'un qui ne savait pas qui était son père.

Personne ne répondait mieux à cette définition que moi.

Je ne savais pas qui était mon père, ni où il était. Jusque là, je ne m'étais jamais posé de questions ; ma mère prenait bien assez de place pour remplacer un père. Pourtant, tous les enfants autour de moi avaient, chacun, leur père. Et le mien alors, où était-il ?

Cette question me tortura pendant des mois. À bout de ressources, j'osai en parler à ma mère. Je bégayais. Je dus m'y reprendre à plusieurs fois. J'avais peur de me faire gifler ou, au moins, enguirlander.

À mon grand étonnement, ma mère resta parfaitement calme. Elle me fit asseoir sur ses genoux : « Je dois te dire quelque chose. »

Elle me raconta comment mon père n'avait jamais aimé personne, comment il l'avait quittée et avait bu tout l'argent familial, « mais je voulais encore un autre enfant », m'expliqua-t-elle, « un quatrième ». Elle en parla à son beau-frère, Zacharie, et ensemble, ils établirent un stratagème.

Zacharie connaissait le patron d'une auberge où buvait mon père. Contre un peu d'argent, l'aubergiste accepta de le soûler jusqu'a ce qu'il titube. Avec son fils, il le traîna dans une des chambres. Ils le laissèrent tomber dans le lit. Là, l'attendait ma mère :

« Il me prit pour une... une... Comment te dirais-je ?... Il voyait souvent des femmes un peu... Enfin, il est resté, avec moi, dans le lit, toute la nuit. Le lendemain matin, je suis partie. Ça me grattait partout – il y avait des puces dans les draps – mais j'étais contente : tu étais en moi. Je te sentais, en moi, déjà. »

À l'époque, je ne comprenais pas très bien ce que ma mère et mon père avaient fait dans le lit mais, au moins, j'avais un père.

Ce stratagème est la seule version plausible de ma conception. Je ne crois pas à une seule et même nuit. Je me rappelle tous les efforts que Michelle et moi avons dû déployer, tous les essais et erreurs, pour Martine. Il dut y avoir plusieurs nuits, plusieurs stratagèmes. Peut-être même que mon père n'a jamais couché avec des prostituées : en fait, peut-être, c'était toujours avec ma mère qu'il dormait.

Le jour où les Allemands entrèrent en Pologne, ma mère lavait le sol avec une raclette et un torchon. Elle était courbée. Elle me tournait le dos. Je lisais un livre, un peu plus loin, assis dans un fauteuil. Elle se releva. Elle dit, calmement : « O weise mie. » Dans son ton, je sentis quelque chose d'inquiétant. Je tournai la tête vers elle.

Sa petite silhouette ronde se découpait sur la fenêtre. Le haut de son dos était pris de tremblements. Elle s'effondra sur le côté gauche – elle était gauchère. Je lâchai mon livre. Je courus jusqu'à elle.

Elle avait le visage serein, comme si elle dormait, mais je l'avais souvent vue dormir et, alors, sa face était parcourue de tics, ses yeux papillotaient, elle prononçait des bouts de phrases en yiddish. Là, non. Elle était juste couchée, paisible, comme si, enfin, pour la première fois de sa vie, elle se reposait.

Je cherchai son pouls, ne le trouvai pas. Devant sa bouche, je tins le petit miroir qui trônait au-dessus de la cheminée. Aucune buée n'apparut. Il y avait déjà dans son corps quelque chose de figé.

Je sortis de la maison. Je courus jusqu'au début de la rue, jusqu'à la petite maison blanche, sur le coin, où un médecin avait installé son cabinet. Je sonnai jusqu'à ce qu'il descende. C'était un petit homme tout rond ; même ses doigts étaient boudinés. Je l'avais interrompu dans son repas : il avait gardé sa serviette nouée autour du cou et mastiquait encore. Je criai quelques demi-phrases, l'entraînai vers notre immeuble. Tout en trottant derrière moi, il plia sa serviette, la rangea dans la poche intérieure de son veston et poussa un rot discret qu'il étouffa de son poing.

En entrant dans notre appartement, il resta un court moment immobile pour reprendre sa respiration. Il se pencha vers ma mère, inclinant son buste comme un militaire qui salue une dame. Il lui prit le pouls. Il poussa un long soupir en clignant des yeux. Il dit : « Je suis désolé. » Je savais déjà qu'il allait me mettre la main sur l'épaule, je savais qu'il allait me dire : « Il faut être fort », et quand il fit ces gestes, quand il dit ces mots, j'eus l'impression de revivre une scène déjà mille fois vécue, comme dans un cauchemar.

Je savais bien que ma mère était morte. Je n'avais pas été chercher le médecin pour la ressusciter, mais pour constater. Elle ne pouvait être que morte : je ne l'avais jamais vue si apaisée, si belle malgré les rides.

Je restai impassible pendant tout l'enterrement mais, le lendemain, je m'éveillai en larmes, dévasté de tristesse : la présence de ma mère n'emplirait plus la maison. J'étais libre et perdu.

Quelques jours plus tard, je me mis à voler. Je commençai par des pommes dans les épiceries. Je trouvai cela d'une facilité étonnante. Je passai alors aux cigarettes, aux vêtements, aux bouteilles de bière. Je volais des parfums de femme que je gardais quelques jours dans mes poches. Je les vaporisais sur des morceaux de tissu, pour les humer. Puis, lassé par les odeurs trop fruitées de l'époque, je finissais par les jeter dans des terrains vagues.

Je n'allais plus à l'école. D'abord, je manquai une demi-journée par-ci, par-là, puis des jours, puis des semaines. Enfin, je ne mis plus un pied en classe. Je traînais dans les rues. Je passais des heures assis sur des bancs, dans les parcs. Quand j'avais un peu d'argent, j'allais voir un film.

Élie jouait au grand frère responsable et compréhensif. Quand il passait à Bruxelles, il me demandait si tout allait bien. Je lui répondais un vague « Ça va... » et il hochait la tête d'un air satisfait.

Je volais des choses de plus en plus chères, en prenant de moins en moins de précautions, comme si j'essayais de me faire attraper. Je ne sais pas comment tout cela aurait fini s'il n'y avait pas eu la guerre.

Quand Élie me proposa de l'accompagner dans le sud de la France, j'acceptai sans la moindre hésitation. Je sentais que tout allait être chamboulé. Je voyais la guerre comme une fête barbare où je participerais aux premières loges. Je ne comprenais pas qu'être Juif pourrait me poser des problèmes.

Je ne me rappelle plus très bien pourquoi nous étions partis vers le sud de la France, mais toujours est-il que l'exode nous y bloqua. Nous travaillions comme paysans itinérants. Élie était heureux ; moi, je ne m'habituais pas à l'effort physique, à ces gestes répétitifs et exténuants, à l'idiotie tranquille des contremaîtres. Des cals apparurent sur mes paumes, se transformèrent en cloques qui crevèrent. Mes articulations me brûlaient. J'étais constamment perclus de fatigue.

Des gens parfois se doutaient que nous étions juifs ; il fallait alors changer de région, le plus vite et le plus naturellement possible : fuir comme des voleurs aurait aggravé les soupçons. Surtout, je devais m'arranger pour ne pas alarmer Élie. Élie devait rester naïf. Lui qui aurait pu passer pour un Allemand, dès qu'il avait peur, se transformait en juif de caricature antisémite, marchait courbé, peureux, regardait les gens de biais, et son accent, d'habitude à peine perceptible, s'aggravait soudain.

J'étais sûr qu'un jour ou l'autre, il finirait par laisser échapper un mot malheureux devant quelqu'un qui nous dénoncerait. Par pure insouciance, il allait nous faire déporter !... Je décidai de l'abandonner. C'était lâche mais je croyais n'avoir aucune autre alternative. J'entrai dans la résistance.

Dans le camion qui m'emmenait à Toulouse, coincé entre des caisses, à l'arrière, je sanglotais sans parvenir à m'arrêter. Je croyais que plus jamais je n'allais revoir Élie. Il n'allait certainement pas traverser cette guerre vivant !...

Mais Élie papillonne avec insouciance. Pendant toute la guerre, il a papillonné sans rien comprendre, en croyant avoir tout compris, parce qu'il sait tout, et si bien, et avant tout le monde ! Il a toujours un avis définitif, une théorie, et il ne peut s'empêcher de vous la démontrer au plus mauvais moment. Il y a quelques semaines, par exemple, il m'affirma que j'étais perturbé – « Perturbé ? Je ne suis pas perturbé ! » – mais il ne m'écoutait pas, m'expliquait que c'était normal, que ma personnalité avait été complètement « altérée » par ce que j'avais connu pendant la guerre... Je le coupai : « Qu'est-ce que tu sais de ce que j'ai connu pendant la guerre ? Tu as trouvé une clé et tu crois pouvoir m'analyser, juste grâce à cette clé ? Mais je ne suis pas une serrure ! Je suis un être humain ! Je ne sais pas pourquoi je fais les choses, comme ceci ou comme cela, mais il n'y a pas une clé ! En tout cas, pas une clé aussi conne et simpliste pour faire un portrait-robot de mon cerveau ! » Il n'avait rien à répondre à cela. Il prit donc son air de médecin compatissant – le con !...

Maintenant, il est mourant, paraît-il. Je suis allé à l'hôpital, mais je n'y crois pas, à cette agonie. Pour moi, il est de nouveau en train de papillonner, de frôler la mort, avec inconscience et légèreté. Oh, je l'ai vu, couché dans un lit, entouré de toute la famille, je l'ai vu, le visage livide et les yeux révulsés, mais ce n'est pas un homme qui meurt, ça, je vous l'assure, je m'y connais, j'ai déjà vu des hommes mourir, j'en ai même tué un, un seul, heureusement, un seul que j'ai assassiné, non pas dans le feu de l'action, mais de sang-froid, un seul qui me regardait dans les yeux quand je l'ai tué, un Arabe, dans le Néguev. Il nous espionnait. Il fallait l'éliminer. Il s'appelait Ali. J'étais sur une jeep, lui sur un âne.

Quand il me vit m'approcher, il sauta de son âne et prit ses jambes à son cou. J'avais dégainé. Je tirai un coup en l'air. Il s'arrêta. Il se retourna. J'arrêtai le moteur et descendis. Le soleil était juste au-dessus de nos têtes. La température dépassait les 40° C. La sueur tombait par gouttes autour de moi, parsemant le sable de petits cercles sombres. Je visai le visage de l'Arabe. Ses yeux bleus soutenaient mon regard. Il se tenait droit. Toute peur l'avait quitté. Je tirai.

Ce visage n'a pas réellement vieilli. Il s'est plutôt figé vers vingt-quatre, vingt-cinq ans. Les quelques rides qui y sont apparues depuis semblent n'être que des lignes dessinées au crayon.

C'est un visage qui ne se sait pas photographié. Il semble plongé dans une réflexion si intense que l'on peut se demander s'il arrivera à en sortir.

Au premier abord, on trouve ce visage très beau. Puis, soudain, on le trouve très laid. Enfin, comme à tous les visages, on s'y habitue.

Je m'appelle Nathan Rabinovitch.

Je ne suis pas quelqu'un d'amusant. Je n'ai aucun humour. Je le dis sans regret ni fierté.

Tout pour moi est sérieux. Je n'arrive pas à me détacher des choses. Les voir de plus loin me permettrait d'en rire. Mais je reste collé au monde. Et le monde me fait mal.

Mon fils aîné, Max, a beaucoup d'humour. Il aime faire des blagues. Il en fait trop. Dans les restaurants, il drague les serveuses, même les plus laides. Elles ne s'en offusquent jamais. Il a la manière, sans doute. Il ne faut jamais lui dire « chiche » : il peut alors se déshabiller dans un lieu public, sortir d'une maison par la fenêtre, danser des claquettes sur une table de restaurant. Max est arrogant, sympathique, violent, naïf. Il est capable de tout.

Un jour, je travaillais avec lui. Nous tentions de négocier avec un client impossible. Les conditions qu'il demandait étaient irréalistes. Max lui coupa la parole. Avec le plus grand sérieux du monde, il dit : « Mais, mon bon monsieur, vous êtes un dangereux psychopathe ! »

Ce mot, « psychopathe », me fit l'effet d'un coup de poing dans le ventre. Ma mère l'avait utilisé, un jour, pour insulter mon père. Il insinuait qu'elle était déséquilibrée, qu'elle avait besoin de se faire soigner pour son « communisme aigu ». Le visage de ma mère était devenu blanc. Et elle le traita de « psychopathe ! »

« Psycho-quoi ? » avait demandé mon père. C'était un mot rare à l'époque.

C'était bien après minuit. Je n'arrivais pas à dormir. J'entendais mes parents crier, des inflexions de voix brusques, acérées, furibondes. J'avais froid dans mon lit. Je me pelotonnais. Je me crispais sous l'édredon.

Ma mère entra dans la chambre. Elle m'embrassa sur le front. Je remarquai les paillettes orange qui striaient le vert de ses pupilles. Elle m'expliqua qu'elle quittait mon père. « C'est un problème entre lui et moi, un problème de grandes personnes. Je vais aller vivre en Suède. Plus tard, je viendrai te chercher. » Elle ferma les yeux, crispa son visage. Elle le relâcha. Elle ouvrit les yeux. Elle sourit de nouveau : « D'accord ? »

Elle sortit de la chambre sans attendre ma réponse.

Je voulais pleurer mais n'y parvenais pas. Les larmes restaient à l'orée de mes yeux. Elles ne voulaient pas jaillir à l'air libre. Je sentais que les liens entre ma mère et moi venaient d'être coupés. Je ne la reverrais plus.

Ernest avait dit un jour : « Papa, tu crois en l'informatique comme en une religion. » C'était une boutade. Je me suis contenté de sourire. Je ne réponds jamais quand mes fils me taquinent. Mais, depuis, cette remarque me poursuit. L'informatique comme une religion. Une croyance. Un dogme. Une foi, plus qu'une technique. C'est sans doute vrai.

Toute ma vie tourne autour de l'informatique. Pour moi, l'univers est un transfert d'informations. La race humaine, par exemple, fonctionne de plus en plus comme un seul et même cerveau. Chaque être humain devient neurone. Les médias (gestes, dialectes, graffitis, jusqu'aux réseaux informatiques et télévisuels) sont les connexions synaptiques de ce cerveau global.

Les choses n'existent pas. N'existent que les transferts d'informations entre les choses. Déjà, tout petit, j'avais l'intuition de cela. Toutes les idées d'une vie, on en fait l'expérience intuitive pendant son enfance. L'enfant n'analyse pas. Il ne verse pas dans l'abstraction. Il fait de la métaphysique en regardant, en souffrant, en vivant.

Déjà à sept ans, pour moi, les gens n'existaient pas. N'existaient que les rapports entre eux, ces courants qui les reliaient les uns aux autres et leur donnaient l'illusion d'exister. Parfois, ces courants se brisaient. Il fallait alors trouver d'autres gens, pour établir d'autres courants. Sinon, on se dissolvait dans l'air, comme des nuages de buée.

Quand ma mère partit en Suède, elle avait rompu le courant avec les autres, le courant avec mon père, le courant avec moi. Là-bas, dans le Nord, elle n'avait pas réussi à établir de nouveaux courants avec d'autres gens. Elle s'était donc évaporée.

Elle devait voler dans le vent, comme une feuille morte.

Mon enfance, à partir de huit ans, je la vécus seul. Je me faisais à manger. Je me lavais. Je m'endormais avant que mon père ne rentre.

Je ne le voyais que le matin. Il buvait son café. Ses paupières papillotaient. Souvent, il ne me regardait même pas. D'autres jours, il se forçait à me sourire. Il me demandait : « Ça va ? » sans attendre de réponse. Je ne lui répondais pas.

Il finissait par se sentir coupable. Alors, il m'emmenait au zoo d'Anvers, au cinéma, au cirque. Il me gavait de crèmes à la glace. Il m'achetait des jouets. Il parlait tout le temps. Moi, je ne disais rien. Je l'observais.

Il tentait de rétablir le courant entre nous. Il n'y arrivait pas. Je ne ressentais plus aucun sentiment pour lui, ni aucun sentiment pour personne. Je coupais peu à peu tous les fils entre moi et les autres. Bientôt, comme ma mère, j'allais disparaître.

Je voulais, comme elle, m'envoler. Je voulais planer dans le ciel, avec elle, vers le nord, vers les fjords.

Mon père avait une réputation de moine abstinent. C'était fini les femmes, pour lui, affirmait-il. En fait, il entretenait des liaisons avec plusieurs maîtresses à la fois.

Il avait la manie du secret. Il utilisait un vocabulaire d'espion : il disait « individu » pour ami, « contact » pour rendez-vous, se rendait même parfois à des « debriefings ».

En bon agent secret, il me cacha des informations. Une famille est aussi un système de transmission d'informations. Mon père bloquait tous les réseaux qui pouvaient aboutir chez moi. Il voulait me garder au secret. Mais les Rabinovitch ne cessent de ressasser leur légende familiale. À mon adolescence, petit à petit, me fut transmise la structure de cette histoire mythique : mon grand-père qui devient fou, se bat contre les Polonais et déclenche un pogrom ; tante Rifka, communiste, morte d'épuisement à Auschwitz ; tante Sarah, trop belle pour plaire aux hommes ; oncle Arié, héros sans peur ni reproche ; sa fille Martine, schizophrène ; Yossi, l'enfant du kibboutz – très perturbé ! le ménager ! – toute une geste, toute une chronique absurde et parcellaire. Les trous sont remplis par des mensonges. Les mensonges concurrencent la vérité. Les versions s'opposent et fusionnent.

Tout cela, ce sont les autres Rabinovitch qui me l'ont appris. De mon père, rien ! Surtout pas ! Mon père gardait le secret...

Voir mon père m'est devenu peu à peu douloureux. En sa présence, je me sens mal à l'aise. Il le sait. Il me guette.

Une de nos disputes les plus mémorables, ce fut parce que je voulais appeler mon second fils Ernest. C'était le prénom d'Ernest Verbosch, le fils du charcutier de la rue Rogier. Ernest

Verbosch avait les joues couperosées et le nez brillant. Il parlait un français hésitant, avec des mots flamands que je ne comprenais pas. Je l'avais perdu de vue dans les années 60. À une époque, il avait été mon meilleur ami.

Mon père trouvait le prénom ridicule. Il me suppliait d'en trouver un autre. Je lui résistais. Il me menaça : si ce gosse s'appelait Ernest, il ne le considérerait pas comme son petit-fils !... Dès qu'Ernest naquit, il en fut gaga.

Mais la pire dispute, ce fut plus tard. C'était de nouveau à propos d'Ernest. Ernest avait eu des problèmes à l'école. Papa trouvait qu'il fallait le changer d'établissement. Je lui rétorquai : « De toute façon, cela se posera de nouveau tôt ou tard...

– C'est une école juive, c'est ça ? me coupa mon père. Tu veux qu'il reste à l'école juive ? Ça fait plus chic ? Ça pose, dans la communauté ? »

Je restai un moment bouche ouverte. Je m'emportai (cela m'arrive rarement). Il me traita de nationaliste, de fasciste, de fanatique religieux. Je lui répondis qu'il n'était qu'un juif complexé (je ne le pensais pas).

Il sortit de la pièce avec des larmes dans les yeux. Mon cœur palpitait. Je mis une heure pour me calmer.

Évidemment, il avait raison. Je changeai Ernest d'école. Il n'y eut plus aucun problème.

Ce n'était pas moi qui voulais que Max et Ernest aillent dans une école juive. C'était leur mère, Ariane 1. Pourtant, elle n'était pas juive, pas plus que la 2.

Les deux femmes de ma vie se sont appelées Ariane. C'est un hasard. Les Rabinovitch les distinguent en leur donnant à chacune un chiffre, en référence aux fusées européennes. Moi-même, j'ai pris l'habitude de dire « Ariane un » et « Ariane deux ».

À part leur prénom, elles avaient un autre point commun : elles étaient fascinées par le judaïsme. J'en avais parfois marre qu'elles se braquent là-dessus. J'en arrivais à me disputer. C'était avec le judaïsme qu'elles s'étaient mariées, plus qu'avec moi. Ariane 2, clairement, s'opposait ainsi à son père, un antisémite mou. Ariane 1, elle, était fascinée par les juifs d'une façon morbide : elle avait lu tous les livres sur les camps de concentration. Cela m'effrayait, m'énervait, m'attristait, sans que je n'ose lui en parler. Ariane 1 ne voulait pas d'enfant. Elle en eut – c'était juste avant la pilule. Ariane 2 en voulait, mais n'en eut pas, elle avait des problèmes de trompes. Ariane 2 aimait les plantes exotiques et les soignait très bien. Ariane 1 les aimait tout autant, mais n'y connaissait rien ; en moins d'une semaine, elle parvenait à faire mourir le moindre cactus. Elles étaient toutes les deux gauchères. Elles lisaient toutes les deux Henri Troyat, mais la seconde appréciait Sagan, que la première détestait. Ariane 2 n'aimait pas trop qu'on l'embrasse sur les lèvres. Ariane 1 ne voulait pas que je lui touche les pieds. Ariane 1 sursautait au moindre bruit. Ariane 2 aurait voulu devenir danseuse, mais elle avait les hanches larges et très basses. Ariane 1 aimait courir, bien avant la mode du jogging. Ariane 2 faisait tout le temps des régimes. Ariane 1 mangeait n'importe quoi, sans jamais prendre un gramme. Ariane 2 conduisait très nerveusement ; quand j'étais passager, j'en avais des haut-le-cœur. Ariane 1, je crois, ne conduisait pas. Ariane 1 était blonde, Ariane 2, brune. Ariane 1 chantait très bien ; elle avait même fait partie d'une chorale. Ariane 2 collectionnait les oiseaux miniatures en plâtre. Ariane 1 versait de l'argent à des organisations caritatives non-gouvernementales. Ariane 2 aimait les chiens mais pas les chats. Ariane 1 s'endormait souvent avec le pouce en bouche. Ariane 2 s'éveillait très tôt, d'un bond. Ariane 1 avait de fins poils blonds à la lisière des cheveux. Cela ne se voyait que dans les lumières rasantes. Ariane 2 avait les bras ronds, un peu lourds. Parfois, Ariane 1 sautillait sur place, comme une petite fille. Ariane 2 regardait devant elle, effarouchée, pendant quelques secondes, puis secouait la tête. La peau d'Ariane 1 sentait le pain frais. Ariane 2 aimait que je lui caresse la nuque. Ariane 1 appréciait les morsures. Ariane 2 ronronnait. Ariane 1, en jouissant, me regardait, terrorisée. Ariane 2 poussait parfois des longs soupirs, très profonds, très mélancoliques.

Je pourrais parler des heures de mes deux femmes. Je les ai beaucoup aimées. Quand je repense à elles, surtout à la seconde, j'ai en bouche comme un goût amer.

Depuis ma séparation d'avec Ariane 2, je suis célibataire. On dit de moi que je suis un séducteur. Je plairais aux femmes. J'intriguerais. Elles tomberaient dans le panneau. En fait, je suis plutôt timide. C'est les femmes qui s'approchent de moi, qui me parlent, qui me draguent. Ariane 2 m'avait rencontré chez des amis communs. Elle s'arrangea, ensuite, pour me revoir, comme par hasard. Je ne comprenais pas ce qu'elle voulait, alors que c'était clair, limpide, démonstratif, désespéré. Un jour, au milieu d'une phrase, elle se mit à pleurer : « Tu ne me vois même pas. » Je ne la voyais pas ? Qu'est-ce que cela voulait dire, que je ne la voyais pas ?... Tout d'un coup, je compris qu'elle m'aimait, qu'elle tentait de me séduire.

Il y a maintenant trois semaines, mon père et moi, nous étions sur le point de nous disputer de nouveau. C'était justement à propos d'Ariane 2. Je me rappelle très bien cette conversation.

Nous sommes séparés, Ariane 2 et moi, depuis presque un an. Nous avons fait un essai de réconciliation. Cela s'est soldé par un échec. Mon père voulait m'en parler ; je ne voulais rien entendre. Il s'entêtait :

« Je n'ai rien contre les goïas, disait-il, ce sont des femmes après tout, pas très différentes des juives, mais toi, tu te sens attiré par elles, parce que justement elles ne sont pas juives et que, toi, tu les crois différentes. Après, tu es déçu. »

Je voulus m'énerver. Je voulus lui dire de s'occuper de ses propres problèmes. Je fis juste : « Ce n'est pas si simple, Papa.

– Pourquoi te sens-tu obligé de tout compliquer, Nati ? Pourquoi tu ne vois pas la vie comme elle est, au lieu de t'embrouiller, de... »

Il s'arrêta. Il se laissa tomber sur le gros fauteuil.

Je continuais à parler. Je lui dis que je vivais comme je le pouvais, que je ne faisais pas de choix réfléchis, que je n'en avais ni le temps, ni le ...

Il m'interrompit : « Nati ? » Je sursautai : sa voix n'était qu'un filet. Il avait souffert pour prononcer mon nom.

« Nati, je ne me sens pas bien.

– Quoi ? Tu digères mal ?

– Je ne sais pas. Je me sens pas bien. »

Son visage n'était plus un peu rougeaud, comme d'habitude, mais blême. Le sang semblait l'avoir abandonné.

Je voulus l'aider à se lever. Je mis mes mains sous ses aisselles et tirai. Il hurla de douleur. Je le remis dans le fauteuil. Je lui plaçai un coussin sous la tête. J'appelai les urgences. La peur me labourait le torse.

Je devins le manager de l'agonie de mon père. Je m'occupai des problèmes d'argent, de mutuelle. Je demandai une chambre individuelle. Ce fut difficile : l'hôpital était surpeuplé. Je prévins la famille, puis les amis proches. Je tentais de les empêcher de tous venir aux mêmes heures. Je leur demandais de ne pas rester trop longtemps. Ils ne m'obéissaient pas. Ils s'éternisaient, silencieux, l'après-midi et la soirée. Les infirmières me grondaient. Les médecins menaçaient de nous mettre à la porte. J'allais de tractations en tractations ; je faisais des compromis ; j'établissais des marchés ; et j'étais triste. Mon père mourait. Bientôt, j'allais me retrouver orphelin. Les liens qui me retenaient en haut seraient tous coupés. J'allais m'écrouler, comme une marionnette. Je n'existerais plus. Je m'envolerais.

Je croyais que mon père n'avait plus de maîtresse. Un de ses meilleurs amis, Maurice Katz, me parla d'une femme. Mon père la fréquentait depuis cinq ou six ans. « Tu devrais lui dire de venir officialiser la situation, maintenant qu'Élie est malade. » Je réfléchis un moment. Je demandai : « Elle est juive ? » Je regrettai tout de suite cette question.

« Non, répondit Katz. C'est une chiske. »

Je tressaillis. Je déteste cette insulte. Elle s'applique à la plupart des femmes que j'ai aimées.

Maurice Katz me donna l'adresse de cette femme. Le lendemain, je lui rendis visite. C'était un immeuble étroit et gris, pas très loin de la place Jourdan. Je sonnai. Une voix distinguée me demanda : « Qui est-ce ? » Je bafouillai que j'étais le fils d'Élie Rabinovitch. La porte s'ouvrit.

L'ascenseur était en panne. Je dus monter à pied jusqu'au quatrième étage. Elle m'attendait sur le palier. Elle me fit entrer dans l'appartement, minuscule mais encombré de meubles et de bibelots.

Elle me débarrassa de mon pardessus. Elle m'observait, sans dire un mot. Je n'osais pas lui faire face. Je la regardais dans les reflets des vitres. Elle était petite et ronde. Elle avait teint ses cheveux en roux. Un rouge à lèvres cerise faisait luire sa bouche pincée.

Je m'assis. Je la voyais de face maintenant. Son visage n'exprimait aucune émotion. Je pris la parole, très formel :

« Je suis Nathan Rabinovitch, le fils d'Élie Rabinovitch – mais je vous ai déjà dit cela... Vous savez, je présume, que mon père est à l'hôpital ?

– On m'a prévenue.

– Bien... Ni moi ni personne de ma famille n'étions au courant de votre présence – enfin, de la liaison que vous entreteniez avec mon père et... – excusez-moi, le terme liaison est un peu maladroit, je suis sûr que vous aviez un rapport très fort avec lui, que vous étiez très importante pour lui... Voulez-vous venir le voir à l'hôpital ?

– Est-il mourant ? » Elle avait craché cette question comme une insulte.

« Oui. Il est mourant. »

Je faillis pleurer. Jusque-là, je n'avais jamais dit, entendu, ou même pensé « mon père est mourant ». Mon père ne pouvait pas mourir. Mon père était immortel.

Elle plissait les yeux, comme un chat sur le point de bondir. Elle me répondit calmement. Sa voix était blanche. En même temps, elle souriait :

« Je ne viendrai pas, dit-elle. Ni à l'hôpital ni à l'enterrement. »

Elle détourna le regard. Elle m'offrit un whisky. J'acceptai. C'était sans doute une habitude de mon père. Elle me remplit un verre, que je pris. Elle restait derrière moi, dans mon dos. Elle me regardait boire. Je sentais le poids de son regard contre ma nuque. Je trempai mes lèvres dans le whisky. J'en avalai une gorgée. Dans mon corps naquit une douce chaleur.

« Quel âge avez-vous ? » demanda-t-elle. Je répondis. Elle eut un petit rire : elle n'avait que quelques années de plus que moi. (Elle faisait beaucoup plus.)

Elle s'approcha. Elle parlait. Je ne l'écoutais plus. Je sentis sa main me caresser les cheveux, puis la pression douce de ses seins contre mon épaule. Sa main quitta mes cheveux, glissa sur ma poitrine. Je la coupai au milieu d'un mot :

« Je dois y aller. »

Je me levai, enfilai en hâte mon pardessus – d'abord à l'envers, je le retirai, le retournai, l'enfilai de nouveau, elle s'excusait, me disait qu'elle était désolée, que c'était l'émotion, qu'elle était perturbée, et elle perdait tout contrôle, bredouillait, faisait des petits gestes crispés. « J'ai un rendez-vous », marmonnai-je. Je sortis.

Dans les escaliers, je me sentis moche. J'aurais dû faire quelque chose. J'aurais dû la prendre dans mes bras. L'embrasser. Éventuellement lui faire l'amour. Mais j'en aurais été incapable. J'avais la chair de poule.

Arrivé dehors, sans raison, j'éclatai de rire. Je ne sais pas pourquoi.

Cela m'arrive rarement.

C'était un peu nerveux, je crois.

Le cadre de cette photo va du visage de Yossi à ses grandes mains posées sur ses genoux. On tente de regarder ce visage, de le déchiffrer, de le décomposer en traits (sourcils prononcés, petites rides fines, joues rondes sur le point de retomber en bajoues, grands yeux presque exorbités) mais on ne peut empêcher le regard de glisser vers le bas du cadre, vers les mains, vers ces doigts noueux entrecroisés, ces ongles rognés, cette peau plissée et grise, la peau d'un éléphant, vieux mâle buté, solitaire, à l'écart du troupeau.

Je m'appelle Yossi Rabinovitch, un prénom qui a une signification en hébreu, mais j'ignore laquelle. À quatre ans, pourtant, je ne parlais qu'hébreu, je ne pensais qu'en hébreu, je rêvais en hébreu, mais j'ai tout fait, depuis, pour oublier cette langue, et j'y ai réussi, et si bien que je n'arrive même plus à l'apprendre de nouveau. Récemment encore, j'ai pris des cours à l'institut Buber. Je croyais que le vocabulaire et la grammaire reviendraient vite, sans que je doive faire trop d'efforts mais, malgré les heures d'étude, malgré ma bonne volonté forcenée, ces assemblages de syllabes restaient pour moi sans signification. J'oubliais chaque mot juste après l'avoir appris, comme un rêve dont on perd tout en s'éveillant. Il y a certainement des raisons à cela, plus ou moins inconscientes. C'est vrai qu'en arrivant en Belgique, à quatre ans, j'étais farouchement anti-sioniste et antisocialiste. Ce n'était pas une révolte idéologique aussi clairement exprimée, évidemment : j'avais été élevé dans un kibboutz et, du haut de mes quatre ans, j'en condamnais les défauts au point que, pour moi, la Belgique était un pays de Cocagne salvateur. Il y pleuvait, il y faisait froid, il n'y avait là ni champs où gambader, ni lézards, ni araignées poilues mais, au moins, je ne dormais plus avec les enfants de ma classe, je ne vivais plus toute la journée avec eux, personne ne me houspillait, ne m'insultait ou ne m'ignorait cruellement. C'est difficile à expliquer ce que c'était, une classe, dans un kibboutz, l'enfer que c'était, si vous en deveniez le bouc émissaire.

Et en Belgique, surtout, ma mère était toute à moi. Elle ne s'occupait que de moi et personne d'autre qu'elle n'exerçait d'autorité sur moi. Il n'y avait pas de puéricultrice. Je détestais spécialement la dernière, celle qui s'occupait de notre classe, avant que je parte. Elle s'appelait Sarah, comme Maman, ce que je ne comprenais pas : si ma mère était Sarah, comment une autre femme pouvait l'être aussi ? Et une autre si laide et pataude, qui souriait mal, d'un seul côté, avec des cheveux trop fins, la peau luisante, les yeux humides ?

Je l'avais détestée dès son premier jour avec nous. Elle voulait me forcer à prendre la douche avec les autres enfants. Jusque-là, cela ne me posait aucun problème de me déshabiller devant les autres ; mais, là, tout d'un coup, je ne voulais plus. J'avais peur de me montrer, pas seulement aux filles, mais aussi, mais surtout, aux garçons. J'avais l'impression que leurs regards saliraient ma peau et que, tant que leurs yeux se poseraient sur moi, j'aurais beau me frotter avec du savon, je resterais sale.

Sarah ne pouvait ni me battre ni me gifler, ni même vraiment me gronder : les kibboutzim avaient toute une série de théories éducatives, car nous étions, paraît-il, les « enfants du Rêve », on nous octroyait la meilleure éducation du monde, etc. Alors, elle monta toute la classe contre moi. Je ne comprends toujours pas comment elle s'y prit, ni surtout quand, parce que je ne les quittais presque jamais, je vivais vingt-deux heures par jour avec eux, ces douze merdeux qui me haïssaient et que je haïssais en retour.

Je fus mis en quarantaine, même par ceux qui, la veille, étaient encore mes meilleurs amis. Ils m'insultaient et me connaissaient si bien qu'ils savaient exactement quel mot me ferait le plus mal. Je me mordais la lèvre pour ne pas pleurer. Il fallait tenir. Ils auraient été trop contents.

Je me rappelle aussi de chahuts, la nuit, mais très vaguement ; l'oubli a nourri mon imagination, j'ai dû déduire des anecdotes à partir d'autres : il est possible que j'aie réinventé ces chahuts, tout comme, sans même m'en rendre compte, j'ai réinventé mon père. Récemment, j'ai vu une photo de lui, une photo que ma mère avait retrouvée en rangeant des papiers. Elle voulut d'abord la détruire, comme elle avait détruit les autres, en arrivant en Belgique ; elle estima plus judicieux de me la donner.

Mon père, sur la photo, ne ressemble pas du tout à l'image floue que je m'étais construite de lui, une image où, quand j'avais fixé un détail, le nez par exemple, le reste s'altérait, la bouche s'effaçait, le menton perdait tout contour, les cheveux changeaient petit à petit de couleur et de forme. En fait, je voyais moins un visage qu'un sourire, et une peau très sombre, et un corps mince et grand. Sur la photo, pourtant, c'est un homme râblé, court. Ses cheveux bouclent légèrement au-dessus des oreilles. Ses sourcils sont très fins. À ma grande surprise, je lui ressemble.

Je n'ai plus de souvenirs très précis de mon père mais je me rappelle la dernière fois où je l'ai vu, la fois où il m'a dit au revoir, avant que je ne quitte le kibboutz. Cela se passait à l'ombre fraîche d'un bâtiment. Dans mon champ de vision, les feuillages des grands arbres oscillaient, balancés par le vent. Mon père m'avait mis la main sur l'épaule et cette main semblait de plus en plus pesante. Elle allait m'écraser, pour ne laisser sur le sol qu'une petite trace de sang, comme un moustique éclaté sur le mur, au matin.

Mon père me parlait, me disait que l'on se reverrait certainement bientôt, qu'il m'aimait beaucoup, qu'il était sûr que je serais sage et courageux, qu'il était fier de moi. Savait-il, déjà, qu'il ne me reverrait plus ? S'en doutait-il ? Avait-il déjà pris la décision de ne plus donner signe de vie, pendant toutes ces années, de me laisser vivre ma petite vie belge avec, toujours, pesant sur mes épaules, le fantôme de ce père que j'oubliais peu à peu, ce souvenir qui me devint pénible à l'adolescence, sans que je puisse dire exactement pourquoi il me blessait ainsi de plein fouet. Comment avait-il pu me serrer si fort dans ses bras, jusqu'à me faire mal, et ensuite disparaître ? Peut-être m'avait-il justement serré si fort parce qu'il savait déjà qu'il ne me reverrait jamais plus ? Quel pacte, arrangement ou contrat, formel ou informel, avait-il passé avec ma mère ? Que s'est-il passé, exactement, entre mes parents ?

Je n'ai que la version de ma mère : mon père aurait eu une amante ; ma mère l'aurait sommé de choisir entre elle et l'autre ; il aurait préféré l'autre.

Mais j'ai appris à me méfier de ce que me raconte ma mère. Elle ne ment pas vraiment. Non, elle introduit des changements, parfois presque imperceptibles, qui lui permettent d'avoir toujours le beau rôle.

Je me rappelle mieux mon arrivée à Bruxelles que ma vie en Israël. Tout d'un coup, je découvrais ma famille, les Rabinovitch et, surtout, mon cousin Nathan, le plus étrange d'entre eux.

À mon arrivée à Bruxelles, il avait dix ans et ne cessait de me parler, enchaînant les phrases courtes, avec de grands gestes, de petits sourires et, parfois, un éclat de rire qu'il étouffait aussitôt, pour se remettre à parler de plus belle. Je ne comprenais pas un mot de ce qu'il me disait. Je finissais par m'énerver, par lui hurler des insultes en hébreu, et m'enfuir pour m'enfermer dans les toilettes ; Nathan continuait à me parler à travers la porte.

J'étais un enfant furieux ; plus tard, je devins un adolescent furieux et je découvris les filles, que je voulais toutes baiser. Le terme « baiser » est, ici, malheureusement exact. C'était de cela qu'il s'agissait : entrer dans leur corps, m'y agiter, m'épancher, en ressortir et les rejeter, comme si, en couchant avec moi, elles s'étaient salies, comme si leur corps, jadis désirables, se couvraient à présent de boue ou avaient pourri. Je ne comprends plus cette attitude, comme si mon adolescence avait été vécue par une autre personne, comme si j'avais porté un masque et joué un personnage maintenant oublié et incompréhensible.

J'avais quinze ans quand ma mère se remaria pour la dernière fois. Je détestais Paul, celui qui allait devenir mon second beau-père. J'avais contre lui toute une liste de critiques, que je ne cessais de me ressasser intérieurement dès que j'étais en sa présence. Je ne lui laissais rien passer, dans quelque domaine que ce soit, habillement, tics, opinions.

Le mariage donna lieu à une grande fête où tout le monde semblait heureux, sauf moi. Je boudais. Je lançais des regards haineux aux petites vieilles ridées. Je répondais à peine aux saluts. Je rechignais sur la nourriture, pourtant excellente.

Nathan s'approcha de moi, saoul, sans doute pour la première fois de sa vie. C'était la première fois, en tout cas, que je le voyais si à l'aise et souriant, pas une expression amusée ou ironique, comme cela lui arrivait parfois, non, un vrai sourire : Ernest, son deuxième fils, venait de naître. Ariane 1 était encore à l'hôpital. Une fois de plus, il se lança dans un discours incohérent qui dura bien une heure ; dix fois, je tentai de m'éclipser ; il m'arrêtait en posant sa main sur mon épaule et repartait de plus belle, m'expliquant que la vie valait la peine d'être vécue, qu'être père, c'était une expérience incroyable, qu'il fallait continuer à faire des enfants, même si c'était absurde, mais tout est absurde, n'est-ce pas, cousin ? La vie tout entière est absurde ! Et belle ! Tellement belle !

Et il répétait encore et encore, de sa voix aiguë : « Belle, tellement belle ! » Je finis par lui grogner d'arrêter ses conneries. Il ne m'entendait pas et répétait, encore : « Belle, tellement belle !... »

À dix-sept ans, du jour au lendemain, sans raison précise, sans même sentir de transition, je me calmai. Je pris mes études au sérieux et, avec une ténacité que je ne me connaissais pas, tous les soirs, pendant une ou deux heures, je révisais les cours. En même temps, comme si tous ces changements dans ma personnalité étaient liés, sans que je comprenne, aujourd'hui, ce qui exactement les liait, en même temps, je cessais d'être un séducteur maladif pour, au contraire, avoir peur des filles puis, plus tard, des femmes.

J'en rencontrais tout autant, au lycée, dans les soirées, chez des amis. J'arrivais à leur parler, à discuter avec elles, même plus facilement qu'avant, mais je devenais leur ami, jamais leur amant. Souvent, elles se confessaient, me racontaient leurs problèmes de couple, entraient même dans des détails gynécologiques, comme si ma présence était aussi dénuée d'ambiguïté sexuelle que celle d'une autre femme. Il m'arrivait de coucher avec l'une ou l'autre mais, le lendemain matin, nous avions toujours cette même impression d'avoir commis une regrettable erreur.

Je tombais amoureux le plus profondément possible, le plus éconduit possible. Je me sentais blessé et j'arborais cette blessure comme un blason, ce qui faisait fuir les femmes aussi bien que le mépris que je leur avais témoigné pendant mon adolescence les avait, à l'époque, attirées. On aime ceux qu'on devrait surtout ne pas aimer.

De mes dix-sept ans à la trentaine entamée, je ne fis rien de marquant ou de mémorable, aucune grande entreprise, aucune passion, pas même un hobby. Je me laissais vivre. Je terminai mes études sans parvenir à m'y intéresser. J'eus des diplômes, fis mon service militaire, trouvai du travail comme comptable dans un bureau d'assurances ; une vie monotone et discrète. J'étais pris par des accès d'angoisse mais je n'en parlais à personne ; devant les autres, devant mes collègues, mes amis, ma famille, et ma mère surtout, j'offrais toujours une façade sans aspérités. Je voulais ne laisser aucune trace après mon passage. Pour moi, à l'époque, c'était très important de rester scrupuleusement anodin.

Les années passaient sans que je m'en rende vraiment compte. J'avais déjà trente-quatre ans quand je rencontrai Marie ; elle en avait vingt-trois. Elle n'était pas jolie : elle avait une certaine mollesse dans le visage, parlait en faisant traîner les voyelles, ce qui m'agaçait, et son corps, étrangement mou et mal proportionné, semblait en constant déséquilibre ; au lieu de marcher, elle se laissait tomber en avant, de pas en pas. Avec tout cela, sans effort, sans aucun artifice, elle parvenait à avoir un charme ineffable. Elle n'était pas jolie, mais belle.

C'était une amie d'Ernest. C'est elle, d'ailleurs, qui m'apprit qu'Ernest était homosexuel. Cela me choqua. « Tu as quelque chose contre les homosexuels ? » me demanda-t-elle. Je dus réfléchir pour me rendre compte que non, je n'avais rien contre ni pour eux, mais que cela me choquait qu'Ernest le soit, pas parce qu'il était mon cousin mais parce qu'il était juif et, pour moi, c'était inconcevable, presque obscène, l'idée d'un juif homosexuel. Évidemment, depuis, je n'ai pas cessé d'en rencontrer ; je m'y suis résigné comme à la pluie ou au vent.

Ernest me présenta Marie dans un café à boiseries où je tuais le temps avant un rendez-vous d'affaires, près du cimetière d'Ixelles. J'étais déprimé et je ne voulais parler à personne ; eux sortaient d'un cours, se racontaient des bêtises, rigolaient ; je les vis entrer dans le café, si souriants, si emplis de leur gaieté juvénile que je tentai de m'éclipser. Ernest me reconnut. Il me fit de grands gestes des bras, s'approcha, s'assit à ma table avec Marie. Après les présentations d'usage, Marie monopolisa la conversation. Elle enchaînait les sujets, avec toujours un point de vue neuf, intéressant et beaucoup d'humour, surtout pour une femme. Elle ponctuait ses phrases d'un sourire qui bridait ses yeux et, peu à peu, elle me charma ; en la quittant, je fus pris d'un serrement de cœur ; j'étais excité comme un gosse. Ce soir-là, je ne parvins à m'endormir que vers deux heures du matin.

Plus tard, en la revoyant, en sortant avec elle au restaurant ou au cinéma, je lui cachai soigneusement que j'étais un vieux célibataire, j'étouffai tout ce qui, chez moi, pouvait paraître ranci, étrange ou banal, j'écartai tout handicap et je me créai, de toute pièce, une image saine. Ce n'était pas vraiment un mensonge ou un déguisement : je redevenais de l'adolescent insolent que j'avais été. J'étais de nouveau sûr de moi, sûr de mon charme et, cette fois-ci, il ne s'agissait plus de baiser une fille mais de lier ma vie à celle d'une femme, de l'épouser, de vieillir à ses côtés ; cela me donnait de la force.

Un soir, place du Châtelain, avant de nous séparer, nous nous embrassâmes, un baiser tendre, du bout de la bouche, comme si nous étions déjà de vieux amants. J'entrai dans ma voiture, me laissai tomber sur le siège et, quand je tournai la clé de contact, je me rendis compte que mes jambes tremblaient.

Nous étions un couple sans avoir eu le temps d'être des amants. Très vite, nous habitions ensemble. Très vite, nous nous disputions. Nous avions des avis, des expériences, des goûts à l'opposé. Tout chez moi, par exemple, doit être rangé à sa place, une place choisie avec soin, après mûre réflexion, pour permettre, au moment où l'on cherchera l'objet, de le trouver immédiatement ; Marie, elle, était beaucoup plus « bohème » ; elle laissait la vaisselle sale s'empiler, les vêtements se mélanger en vrac et elle fourrait les livres dans le premier espace vide de la bibliothèque. Souvent, nous nous opposions, là-dessus et sur bien d'autres sujets, jusqu'aux cris. Mais nous étions profondément amoureux l'un de l'autre et nous avions, tous les deux, l'impression d'avoir enfin rencontré la personne avec laquelle nous allions vivre, vieillir, porter des dentiers, deux petits vieux accrochés l'un à l'autre, gagatisant ensemble, retournant de concert en enfance, s'aimant tendrement comme s'aiment les bébés, puis mourant, l'un suivant l'autre de quelques semaines, le second ne mourant pas de chagrin mais d'amour. Nous en parlions souvent, de cette longue vie commune à venir, de cette vieillesse, de cet amour qui nous accompagnerait jusqu'à la mort.

Marie voulait un enfant et le voulait tout de suite, alors que j'aurais préféré rester à nous deux, seuls, quelques années, le temps de nous préparer, le temps, aussi, de mesurer ce que cela signifie, créer une nouvelle vie ; mais Marie trouvait qu'« un couple sans enfant, ça n'a plus qu'à se regarder le nombril jusqu'à se séparer !... » Nous essayâmes d'avoir un enfant et, malgré les calculs de cycles, les régimes alimentaires, les exercices du bassin, les médicaments, malgré les tests, les spécialistes, chacun racontant autre chose, développant une autre théorie surprenante, éveillant autrement des espoirs autrement déçus, malgré tout cela, Marie ne tombait pas enceinte, ce qui nous minait, ce qui nous séparait l'un de l'autre. Je tentais de lui expliquer que ce n'était pas grave, qu'on pouvait adopter ; je ne voulais pas que se répètent entre nous les disputes qui avaient séparé ma mère de mon beau-père, et ces disputes se répétèrent, presque identiques. Dans ma bouche, je retrouvais des phrases entières que Richard avait déjà prononcées, vingt ans plus tôt, comme si l'histoire d'une famille se limitait à la récurrence atroce de quelques thèmes. Nous allions, Marie et moi, de conflit en conflit, nous nous disputions sur tout, boudions pendant des heures, restions maussades, souffrions.

La crise finale eut lieu chez Nathan, dans une réunion familiale, à Pâques. Depuis quelques années, Nathan était pris d'accès de traditionalisme ; cela se limitait à un shabbat approximatif tous les deux mois (une bougie, du vin, un discours en français d'oncle Élie – en général, il disait n'importe quoi) et à quelques fêtes : Nouvelle Année, Pourim, Pessah – et ce Pessah-là, entre les œufs salés et les herbes amères, Marie et moi, devant tout le monde, nous nous disputâmes. Si cette dispute avait eu lieu chez nous, à l'appartement, nous aurions fini par nous calmer, pour entamer, de nouveau, une trêve vénéneuse et polie, jusqu'à la dispute suivante, mais, cette fois-ci, nous prenions tout le monde à témoin, et aucun argument, aucune insulte, ne pouvait être regretté ou corrigé, parce que nous les proférions en public. L'abcès, enfin, était crevé.

Je redevins célibataire, naturellement, sans effort, comme si les cinq ans que j'avais vécus avec Marie n'avaient été qu'un rêve. Je me résignais à rester seul, à ne plus aimer, à ne plus me sentir aimé. Les contacts humains commencèrent à me faire horreur. Embrasser quelqu'un me donnait la chair de poule et, quand il s'agissait d'une femme, un début de nausée. J'étais heurté par l'odeur des gens. Manger face à quelqu'un me devenait de plus en plus difficile.

J'avais tout le temps faim. Ma boulimie était encyclopédique. Il fallait que je goûte, que je compare, que je re-goûte, pour me remémorer. Je créais des catégories. Je classifiais. Je commençai par les chocolats et parcourus les différentes barres de Côte d'or, du noir de noir au fourré vanille. Je me dirigeai ensuite vers les tablettes Lindt, fis tout un détour par les pralines (Léonidas, Corné, Neuhaus, etc.), aboutis aux barres chocolatées américaines, aux goûts rassurants, avec une préférence pour les Bounty au chocolat noir et, comme c'était l'été, je dérivai sur leurs variantes glacées, ce qui me permit d'en arriver aux crèmes glacées en général et de parcourir les parfums de Capoue et de Häagen Dasz. Je fis des excursions exhaustives dans les charcuteries, les baraques à frites, les fromageries. Je me gavai de beurre et de pain, de pâtes et de viandes lourdes. Je me laissais grossir. J'aimais me sentir de plus en plus gras et lourd et lent. J'aimais m'enlaidir de bajoues, de doubles mentons. Je voulais devenir repoussant. Je voulais être entouré d'une forteresse de graisse qui me protégerait du monde extérieur et m'engloutirait.

Ma mère me téléphona un samedi vers six heures du matin, m'éveillant en sursaut. Elle avait reçu un télégramme annonçant la mort de Gaddi – « Gaddi ? » demandai-je, encore groggy de sommeil.

« Ton père.

– Ah oui, mon père. »

« QU'EST-CE QUE JE M'EN FOUS ! » aurais-je voulu crier. Je me retins. Je sentais ma mère inquiète ; au détour d'une phrase, elle risquait d'éclater en larmes. Ce télégramme, m'expliqua-t-elle, provenait d'une amie, qui avait un cousin dans le kibboutz à côté de celui où vivait mon père, et que ce cousin... – enfin, une histoire compliquée et c'est là, au téléphone, qu'elle m'apprit que mon père avait un autre fils ; que j'avais donc un demi-frère.

Elle ajouta : « Je ne le savais pas moi-même. Je viens de l'apprendre. »

Dans son ton, je décelai qu'elle l'avait toujours su, qu'elle avait toujours été au courant mais qu'elle avait choisi de me le cacher.

Ce n'est que lorsque je raccrochai le téléphone que j'encaissai le choc : j'avais un demi-frère. Je ne savais pas si je devais rire ou pleurer. Je ne fis donc rien et pris un petit déjeuner plantureux, avec jambon, œufs sur le plat, croissant, confiture et toasts beurrés, dans un petit hôtel pas loin de chez moi. Je mâchais à peine les aliments, les gobais, pour me remplir le plus brutalement possible.

Je ne voulais pas retourner au kibboutz. Je ne voulais pas revenir dans ce lieu associé pour moi à tant de souvenirs désagréables ; ma mère insista ; elle devenait trop vieille, disait-elle, pour un voyage si lointain ; quelqu'un devait présenter des condoléances de sa part : « C'était mon mari tout de même, et ton père. »

J'avais plein d'arguments à opposer. Je me retins. Je pris l'avion pour Israël.

Le kibboutz ressemblait si peu à mon souvenir que ce souvenir se perdit. Par la suite, je devins incapable de me rappeler le village de mon enfance ; je voyais celui que j'avais traversé, trente ans plus tard, une soirée de printemps.

Mais la topographie du village devait être inconsciemment inscrite en moi. Je m'y dirigeai facilement. Sans avoir à demander mon chemin, je pris des sentiers bordés de grosses fleurs odoriférantes, je bifurquai entre les petites maisons de béton, j'atteignis le réfectoire.

Des gens en short et en sandales y entraient et sortaient en traînant les pieds. Des adolescents parlaient très vite et très fort, assis sur un rebord en pierre. Les jeunes filles avaient les cuisses dorées et elles étaient si belles que je me sentis mal et me précipitai dans le réfectoire.

À la première personne rencontrée, un homme prématurément chauve, j'annonçai, en anglais, que je cherchais le fils de Gaddi. Il me regarda en penchant la tête, me dévisageant comme s'il était sur le point de me reconnaître. Peut-être était-ce quelqu'un de ma classe ? Peut-être se rappelait-il encore de moi ?

« Quel Gaddi ? » demanda le kibboutznik.

Cela me déstabilisa : y en avait-il plusieurs ? Était-ce un prénom si fréquent ? La moitié des hommes de ce kibboutz s'appelaient-ils Gaddi ?

Je tentai de retrouver le nom de famille de mon père, un nom que, même si je ne l'avais plus porté depuis presque trente ans, je me rappelais d'habitude sans effort. Là, soudain, il restait au bout de ma langue et m'échappait. Je ne trouvai rien de mieux que de répondre : « Je cherche le fils du Gaddi qui vient de mourir. »

Il hocha la tête, m'entraîna jusqu'à une table, au fond, près du piano, et m'indiqua un homme du doigt.

Mon demi-frère épluchait lentement un concombre nain. À côté de lui était assise une femme, sans doute la sienne. Je ne me rappelle plus à quoi elle ressemblait, si elle était belle ou pas, fine ou grosse, avec des cheveux foncés ou clairs. Je ne la regardais pas. J'étais subjugué par la vision de ce demi-frère jusque-là inconnu. Comme dans un livre, je lisais sur son visage, sur son corps voûté, dans ses sourcils fournis, je lisais toute une vie, un passé, des maladies infantiles, des douleurs, des joies.

En me voyant m'approcher, mon demi-frère déposa le concombre, se tourna vers moi et me jaugea avec un air buté, de haut en bas, sans manifester la moindre émotion. Il se leva, se dressa de tout son long comme s'il voulait me surplomber par sa stature, alors qu'il était plus petit que moi. Il me posa une question en hébreu. Je lui répondis que je ne parlais qu'anglais et français.

Il me rappelait les enfants de ma classe, criant, m'insultant, me houspillant. Il était l'un d'eux, un « ben meshek » (mot hébreu qui surgissait intact dans mon esprit, le premier depuis plusieurs dizaines d'années, « ben meshek », c'est-à-dire un fils de la ferme, enfant né dans un kibboutz, marié au kibboutz, qui finirait par mourir au kibboutz).

J'attendais qu'il dise quelque chose. Il attendait lui aussi, immobile et muet. Je pris la parole :

« Je suis un ami de Sarah Rabinovitch, la première femme de votre père. (Les mensonges s'enchaînaient naturellement dans ma bouche, sans que j'aie à réfléchir.) Je passais en Israël, pour affaires, et elle m'a demandé de vous présenter ses condoléances. »

Il fronça les sourcils :

« Elle avait un fils, je crois ?

– Oui. Mais lui, je ne le connais pas.

– Bien. Merci. »

La rencontre avec mon demi-frère venait de se terminer. Il retournait déjà vers sa table, reprenait son concombre et le coupait en fines lamelles. Sa femme lui posa une question et il répondit, sans quitter des yeux le légume qu'il débitait.

En m'éloignant de la salle à manger, j'étais furieux. Je m'étais attendu à un contact, un début de lien, une conversation, à tout, sauf à ces trois phrases échangées à la sauvette. Que s'était-il passé ? Pourquoi étions-nous restés deux étrangers ? Était-ce parce qu'il était froid ? Un sabra ? Un kibboutznik ? Non. C'était moi. J'avais rencontré mon demi-frère et je ne lui avais pas dit qui j'étais, parce que j'en avais été incapable, parce que j'avais eu peur de l'affection qu'il m'aurait, alors, peut-être portée, peur des sentiments, peur de souffrir.

Le soleil couchant m'assommait. Une sueur épaisse comme un sirop trempait mon dos, mes aisselles, et poissait l'intérieur de mes cuisses.

Arrivé à l'arrêt de bus, devant la barrière, les lieux actuels se superposèrent à ceux de mon souvenir : j'étais enfant, nous quittions le kibboutz, ma mère était si haute à mes côtés, je tenais sa main et j'étais heureux, parce qu'elle était belle, elle était jeune, comme une sœur, à mes côtés, qu'elle était là rien que pour moi, et elle se tournait vers un homme. Quel homme ? Je ne sais plus, un homme qui nous accompagnait, je crois, elle se tournait vers cet homme et l'embrassait, sur la bouche, et je sentais l'air échapper à ma poitrine, je voulais hurler, mais aucun son ne sortait de ma gorge sèche, je voulais m'enfuir mais je n'arrivais pas à me détacher de ma mère, j'avais honte, j'avais mal, je ne parvenais pas à bouger et, trente ans plus tard, au même endroit, se superposait la même impression d'avoir été trahi par elle, parce qu'elle avait embrassé cet homme qui n'était pas mon père et, donc, tout ce que racontaient les autres enfants sur elle était vrai, elle n'était pas pure, elle n'était pas à moi, elle était à tout le monde, comme ils le disaient, à tout le monde sauf à moi, et je voulais mourir, parce qu'elle m'avait menti, utilisé, et des larmes soudain apparaissaient sur mes joues, des larmes que je ne comprenais pas, qui me terrorisaient. Ne voulait-elle pas, elle aussi, quitter ce lieu, cet enfer où l'on me criait dessus ? Ne voulait-elle pas s'enfuir ailleurs, dans un autre endroit ? Et pendant tout le trajet en bus, jusqu'à Tel-Aviv, je pleurais, mais ma mère ne s'en rendait même pas compte, elle regardait le paysage et, trente ans plus tard, à la porte du kibboutz, quand le bus s'arrêta devant moi, j'étais de nouveau en larmes ; en cachant mon visage avec la main, comme pour m'éponger les arcades sourcilières, j'achetai mon billet, m'assis à l'arrière et, là, jusqu'à Tel-Aviv, je sanglotai comme j'avais sangloté, enfant, et un très vieux hassid, assis à côté de moi, me regardait avec des yeux très bleus, et il m'empuantissait de son odeur surette, et son costume, jadis probablement noir, blanchissait à présent aux jointures, et ce vieux hassid, très maigre, ne cessa de me regarder, jusqu'à Tel-Aviv, l'œil humide, comme sur le point de pleurer lui aussi. Je croyais qu'il allait me parler, d'abord en hébreu, puis qu'il passerait sans trop d'effort à l'anglais, voire même au français, c'est un pays de polyglottes, qu'il me parlerait de la Bible, du Tout-Puissant, des bienfaits de la prière et des études mais, heureusement, il n'ouvrit pas la bouche. Il se contenta de me regarder, d'un air infiniment triste. J'aurais voulu lui ordonner de détourner le regard et de me laisser pleurer en paix. Je n'en avais pas la force.

En revenant à Bruxelles, j'appris qu'oncle Élie était gravement malade. Je téléphonai à ma mère, puis à oncle Arié, puis à Nathan ; aucun ne répondait ; enfin, Aline me donna le numéro de sa chambre à l'hôpital Brugman.

C'était une chambre individuelle, aux soins intensifs, dans un pavillon reculé, une petite pièce remplie de Rabinovitch, la plupart atterrés et silencieux. Dans un coin s'entassaient deux ou trois amis de mon oncle, qui ne restaient qu'une demi-heure, trois quarts d'heure, puis laissaient place à d'autres amis, connaissances, associés, clients, collègues et, parmi tous ces gens, se tenait, centrale, clef de voûte de cet édifice, ma mère, défaite, le visage souillé de traînées sales, les yeux rouges. Elle ne se tourna pas vers moi quand j'entrai. Elle ne quittait pas son grand frère des yeux.

Je la regardai et je ressentis une haine adolescente pour tous ces mensonges, toutes ces cachotteries, toute cette manipulation – pour ma mère. Je sentis mon cœur s'emballer, ma respiration s'accélérer, se faire rauque, sifflante.

Je sortis. Je restai un moment adossé au mur du couloir. Après quelques minutes, ma respiration se calma. Je décidai de retourner dans la chambre. Je fis un pas. J'eus l'impression que le sol se dérobait sous moi, mais je devais continuer à marcher, à mettre un pas devant l'autre, à avancer, je n'ai d'autre choix que d'avancer, que de laisser les jours succéder aux jours, que de vivre, simplement de vivre, la mort viendra bien assez tôt et, d'ici là, peut-être, aurai-je un étonnement, une surprise, un moment réellement heureux, qui se détachera de la grisaille des jours qui se succèdent, dans cette ville morne et pluvieuse, dans cet hôpital faussement moderne aux murs qui déjà se décrépissent et s'écaillent, et j'entrai dans la chambre.

Le visage semble fouetté par des traînées blanches qui l'allongent vers le bas et la gauche. Le temps de pose était sans doute trop long et l'appareil a bougé. Pourtant, il n'existe pas de photo plus ressemblante de Martine Rabinovitch, de photo qui exprime mieux que celle-ci son sourire blessé, cette façon qu'elle a de souffrir toutes les souffrances, l'espace d'une seconde.

Je m'appelle Martine Rabinovitch. Eux disent que je ne sais pas. Mais je sais.

Eux disent que je ne peux pas. Je peux.

Mille fois, je peux.

Certains d'entre eux, j'en suis sûre, veulent m'enlever Ali. Mais ils ne pourront pas, jamais ne pourront, maintenant les médecins se rangent de mon côté et je suis forte maintenant comme je ne l'ai jamais été. J'ai mon appartement, mes allocations, je cherche un travail. J'ai un enfant. Ali.

Eux, ça ne les rend pas contents, pas du tout, pas du tout.

Mon père, lui, n'est pas content, lui spécialement pas content, mais je m'en fous, contrefous, archifous, j'ai passé vingt-huit ans de ma vie à apprendre à m'en foutre, alors maintenant, je m'en fous, et bien.

Mon père voulait. Voulait toujours. Nous étions ses soldats, ma mère, ma sœur et moi. Qu'il disait. Et pendant les vacances, des marches forcées, pendant des heures. Il aimait ça. Qu'il disait. Il chantait : « Dans la troupe, il y a pas de jambes de bois. Il y a des nouilles mais ça se voit pas ! » Il chantait très fort. Après quelques kilomètres, une de nous traînait la patte – jamais moi ! – ou pleurait – jamais moi ! – ou voulait s'asseoir – moi je cachais, moi je marchais – et quand l'une faiblissait, il devenait fou et sa figure devenait rouge et hurlait. Puis cachait son visage dans ses mains. Semblant de pleurer. Mais c'était du chiqué. Il voulait juste faire mal. Mais moi, j'étais pas dupe. Il m'avait pas. Jamais.

Il nous inscrivait à des cours de rattrapage, des cours privés. « Je ne rechigne pas sur votre éducation, moi ! » qu'il disait, alors, piano, danse, peinture, maintien, langues, jusqu'au dégoût. Il nous faisait réciter nos devoirs, en criant.

Il me croit incapable, mon père. Il croit que je suis timbrée. « Timbrée », c'était son mot, il avait dit : « Elle est timbrée cette fille, j'ai fait ce que j'ai pu, j'ai tenté de l'aider, de l'aimer, cajoler, chantonner, raconter, murmurer, pour aider cette fille, mais timbrée, je ne peux plus, ça me dépasse, timbrée. » Je ne suis pas timbrée, non ! Ou alors tout le monde est timbré !

Avant, pourtant, quand j'étais enfant, adolescente, il disait que j'avais rien, alors que j'avais quelque chose, oh oui, quelque chose, qui me brûlait le ventre et la gorge, qui m'empêchait de parler, de quitter mon lit, de dormir, et lui, il disait, mon père : « Mais elle va très bien, cette gosse ! Elle est tout à fait normale ! N'est-ce pas que tu vas très bien ? » et son : « N'est-ce pas que tu vas bien ? », ce n'était pas une question, c'était un ordre, alors je hochais la tête : « Oui-oui ! » je disais tellement j'avais peur de mon père, que tout le temps : « Oui-oui » – tous, répondions : « Oui-oui. »

« Tu vois bien qu'elle est normale ! » gueulait alors mon père, et sa voix claquait comme un drapeau. « Tu vois qu'elle se porte à merveille, c'est une petite fille normale, elle est mignonne et intelligente et douée ! »

Et ma mère poussait un long soupir. Elle se préparait déjà à le quitter. Partir. Vivre une autre vie. S'éloigner de nous. Elle se cachait, escargot dans sa coquille. Disparaître.

Et la voix de mon père me faisait peur, me faisait mal. Comme des poignards dans ma gorge qu'il triture.

Au début, je voulais pas être internée. Mon père non plus voulait pas. Alors j'ai décidé de vouloir. Pour lui montrer. J'ai tout fait pour. J'ai laissé la chose en moi grandir et devenir énorme et exploser ! Je voulais l'asile. Hors mon père. Mais je savais pas. Je n'avais jamais connu l'asile. Tous ces gens. Ces fous. Parce qu'ils sont fous là-dedans, et pas comme moi, et moi pas comme eux. Chacun un monde en soi, une multitude, toute une galaxie. Dans l'asile, c'est normal d'être fou. Les schizos, qui veulent s'enfoncer des clous dans la tête ou s'arracher les bras. Les apathiques qui pissent et chient dans leurs culottes. Les abrutis. Les mongoliens. Ceux qui n'arrêtent pas de rire. Ceux qui n'arrêtent pas de pleurer. Ceux qui marchent. Ceux qui restent immobiles. Ceux qui montrent leur sexe ou leur cul. Ceux qui vous parlent. Ceux qui se taisent. Ceux qui répètent toujours la même phrase ou le même mot. Ceux qui vous regardent fixement, qui ne vous quittent pas de leurs pupilles, qui menacent, mais font pas un geste, restent immobiles. Ceux qui ignorent. Ceux qui ont tellement peur qu'ils vous attaquent. Ceux qui sont très beaux, comme un ange. Ceux qui aiment sortir. Ceux qui ont peur de sortir, et tremblent, et pleurent, et frappent. Ceux qui ont vite froid, emmitouflés, près des chauffages. Ceux qui chantent. Ceux qui sont dans un bâtiment à part. Ceux qui sont pas sûrs d'être fous. Qui se demandent. Ceux qui savent. Qui souffrent. Ceux qui ont tué quelqu'un. Ceux qui ont tué tout le monde : père, mère, frère, sœur, voisin. Ceux qu'oublie la famille. Ceux qui errent dans les couloirs, ceux qui errent dans eux-mêmes. Ceux qui voudraient retrouver le chemin. Ceux qui perdent leurs cheveux. Ceux qui perdent leurs dents, une à une, ou toutes à la fois. Ceux qui dorment trop. Ceux qui ronflent. Ceux qui sont malades et fiévreux. Ceux qui meurent.

Au début, je ne voulais pas être eux, les autres, tous fous. Il y avait moi, moi j'étais là par erreur, et il y avait eux, et eux ils étaient fous. Puis j'ai accepté. J'étais eux. Mais alors, tous nous sommes eux, tous nous sommes fous. Ça, maintenant, je le sais. Les infirmiers sont fous. Les psychologues sont fous. Dehors, tout le monde est fou. Ça, maintenant, je le sais.

Miloud me l'a dit, souvent me l'a dit : les infirmiers sont fous, les médecins sont fous, et lui, Miloud Ben Ismaïl, lui, plus que tout le monde, il était fou et riait. Et on voyait ses dents noires et brunes et jaunes, parfois cassées, des dents de pauvre, car toujours il a été pauvre, Miloud, qu'il disait. Toujours été fou. L'héro, il a commencé à douze ans. Avant, c'était un garçon tranquille, qu'il disait, un garçon travailleur. Il écoutait son papa, sa maman. Il étudiait. Qu'il disait. Faisait ses devoirs. Déjà il était fou, mais ça restait coincé en lui, tout dedans, très loin. Puis quelque chose – quoi ? il ne savait pas, voulait pas savoir –, quelque chose a bougé, et la folie a craqué hors de sa coquille, la folie a surgi et il a pris de l'héro, le plus d'héro qu'il a pu. Son sang, c'était plus du sang, c'était de l'héro. Qu'il disait. Et rigolait. Tout rigolait alors dans son visage anguleux. Et moi, je l'aimais.

Avant Miloud, je vivais pas, je voguais, bateau de papier sur la mer en tempête, par les médicaments abrutie, années qui passaient comme des semaines – quinze ans ! quinze ans de brumes, institutions, centres hospitaliers, maisons de repos, collectifs de réinsertion, se laisser voguer... doucement... abrutie... Jusqu'à Miloud.

Une vieille brûlure barrait ses lèvres, interrompait sa fine moustache, barrait son sourire. J'aimais cette trace. J'aimais Miloud.

Souvent, il avait peur. Il regardait les gens d'en bas. Il croyait des choses. Méfiant, toujours méfiant. Quand n'avait pas peur, il souriait. Avec moi, n'avait jamais peur et j'aimais son sourire et peu à peu, je l'ai aimé tout. Et j'ai été de mieux en mieux, qu'ils ont dit les médecins. J'ai cessé les médicaments, en cachette, et ils m'ont dit que ça allait de mieux en mieux, grâce aux médicaments. Qu'ils croyaient. Mais j'avais plus besoin de ça. J'avais Miloud. J'avais Miloud avec moi, en moi.

Avec l'assistante sociale, j'ai appris à monter dans les bus, faire les courses au Cora, remplir des papiers à la poste, sans peur. Ce sont des petites choses, et les petites choses, faut pas en avoir peur. Si quelqu'un me crie, dans la rue, veut voler mon sac, ou frapper, là, oui, avoir peur, réagir. Mais pas folle. Non. Tenir le monde. Le monde se laissait tenir. Mais c'était Miloud qui me guidait. Et moi en lui. Et lui en moi. Et suis sortie un matin très froid, pour de bon sortie, et l'assistante sociale marchait à côté de moi, et elle souriait, contente, excitée, petite fille, sortie, j'ai frissonné, de froid, pas seulement de froid. J'ai attendu que Miloud lui aussi il sorte, bientôt, deux, trois semaines, quelques jours, la vie avec moi, sans héro, mais Miloud n'est jamais sorti, mais les infirmiers dans un coin de la chambre l'ont trouvé mort. Ses dealers sont venus jusqu'à l'asile. L'ont drogué et trop et l'héro l'a tué. « L'héro me tuera » qu'il disait et rigolait. Et moi j'ai eu mal, plus mal que jamais, aiguille dans mon sein, écrasée que j'étais, pétrifiée, brûlée. Mon corps qui se retourne, comme un gant, viscères dehors, mal j'avais, mais pas peur. La peur était terminée en moi. Miloud était mort mais Miloud n'était pas parti. J'étais enceinte. Parce que Miloud avait été en moi, autour de moi, comme une pieuvre, Miloud nu et moi nue, une joie si forte qu'on dirait une douleur. Et cet instant où on ferme les yeux, on croit fermer les yeux, mais ils sont ouverts. Miloud.

Début printemps, saison des morts. Après Miloud, mon oncle Élie est mort. J'aime mon oncle Élie. Plus que tante Sarah, ou mes cousins. Oncle Élie venait me visiter, à l'asile. Me parlait comme si j'étais normale. Racontait des histoires. Posait des questions. Je répondais pas. Me caressait la tête. Me parlait, mais pas comme mon père, qui à une autre Martine parlait, une

Martine normale, qui n'existait pas, que je détestais. Non, oncle Élie me parlait à moi, Martine, Martine-la-givrée, comme si c'était normal d'être givrée. Parce que c'est normal. Parce que je suis givrée, et vous aussi, et tout le monde.

Je suis venue à l'hôpital Brugman. Aline m'avait téléphoné, donné le numéro de la chambre. Et j'avais pas peur. J'avais retenu le numéro. Je l'avais répété en moi. Pas peur de l'hôpital. Pas peur de la maladie d'oncle Élie, une maladie sombre et luisante, comme le charbon. Dans le couloir, j'ai entendu des voix. Leurs voix à eux, tous ensemble. Les oncles, les tantes, les cousins, les petits-cousins, Aline.

Alors je pouvais pas. Je voulais le voir, l'oncle Élie, mais pouvais pas. Affronter leurs voix. Les affronter eux. Et parmi ces voix, celle de mon père. Tonitruante. Distincte. Même loin de la chambre, je l'entendais, faible mais déjà blessante, déjà elle s'enroulait autour de mon corps, pour m'étouffer, je la sentais qui pressait dans ma gorge. J'ai rebroussé chemin. Excuse-moi, oncle Élie. Je suis sûr que tu comprends. Tu m'as toujours comprise. Et je t'aimais parce que tu venais, tu me parlais. Comme un être humain. Folle et humaine.

À l'enterrement d'oncle Élie, mon ventre était rond. Ils me regardaient, tous, certains forçaient leur sourire. Mon père avec un sourire encore plus grand, encore plus forcé. Moi je m'en fichais. « Tu es rayonnante », a dit Aline. Et c'était vrai. J'étais triste. J'aimais l'oncle Élie. Et lui mort, c'était comme Miloud mort. C'était la vie mort. Mais j'étais rayonnante, la vie en moi. Il faisait très beau. Froid et lumineux. La lumière bleutée, et acérée, comme une lame.

Plus tard, en octobre, le douze octobre, j'ai téléphoné à Aline. Elle m'a dit qu'elle était très occupée, avec un client. Je lui ai dit que j'avais mes contractions. « Combien ? » – « Toutes les sept minutes » – « J'arrive » – elle est arrivée. Elle m'a apportée à la clinique. Elle riait, n'arrêtait pas, comme quand elle était enfant, et son visage tout en flèches est devenu un visage d'enfant, tout rond, tout beau. Et j'étais contente. J'avais mal mais contente, parce que ça fait mal un bébé qui veut sortir du ventre, qui veut entrer dans le monde fou où tout le monde est fou, où tout le monde est heureux et souffre en même temps, et il y en a pas d'autres, de mondes, pour toi, mon enfant, pas d'autre mère que Martine-la-givrée, pour toi, mon enfant, mais pas peur. La peur est finie.

« Le bébé, si tu l'appelais Élie ? » m'a demandé Aline. Non, j'ai répondu, son père, c'était un Arabe, je veux un nom d'Arabe. « Ah oui... » qu'elle a dit. Et elle m'a demandé si on pouvait prendre un nom, pas loin de celui d'Élie, mais arabe. Lequel ? j'ai demandé. Et elle a ri, de nouveau, et elle a dit : « Le début de mon nom. » Le début d'Aline.

C'est pour ça que mon fils s'appelle Ali. Ali Rabinovitch. Parce que Miloud en arabe priait, une prière dans sa bouche comme le clapotis des eaux quand il pleut. Parce qu'Aline m'a conduite à l'hôpital et qu'elle riait comme quand elle riait enfant, tout rond et tout doux. Parce qu'à l'hôpital mon oncle Élie est mort et j'aimais mon oncle Élie qui venait me parler, même si j'écoutais pas, qui me posait des questions, même si je répondais pas. Parce que j'avais mal et qu'Ali voulait sortir. Sortir au monde. Exploser dans le monde. Crier. Chiffonner son visage dans son cri. Chiffonner le monde fou dans son cri fou à lier parce que la vie c'est fou à lier, à attacher, à droguer, à enfermer, à électrocuter, à trépaner. Mais c'est la vie et c'était ça, la vie, qu'il criait, mon fils, qui s'appelle Ali Rabinovitch. Je suis sa mère. Et maintenant je sais. Je tiens le monde. Le monde est fou. Je suis folle. Et je sais.

Sur cette photo se découpe un profil parfait d'Aline Rabinovitch. Elle est en tenue de soirée, avec des boucles d'oreille et un collier de fausses perles. Ses cheveux châtains coupés court sont soulignés par un liseré de lumière. Quelque chose devant elle l'amuse. Son œil pétille. Elle semble sur le point d'éclater de rire.

Je m'appelle Aline Rabinovitch et je vais peut-être vous paraître un peu analytique, mais j'ai commencé une thérapie depuis presque un mois et, ces derniers temps, j'ai tendance à me décortiquer, au point qu'au bureau, des collègues me l'ont reproché – en blaguant ; ça blague beaucoup dans le bureau : ils m'appellent maintenant la trotskiste ; ils confondent mon besoin d'introspection avec ce qu'ils imaginent être une autocritique communiste – avec une sûreté absolue de leur jugement, ils vous assènent une connaissance en général parcellaire et pleine de préjugés, dans des domaines dont ils ignorent tout ; je ne dis pas que ce sont des imbéciles, au contraire, je les aime bien : ce sont des gens sympathiques, aidants, des êtres humains. Mais bon !

Ma thérapeute est une femme très élégante (elle porte, avec beaucoup de goût, des vêtements d'homme trop larges), très belle (trop belle peut-être, j'aurais mieux fait de prendre un homme), elle a la quarantaine juste entamée, des pattes d'oie au coin des yeux, elle est douce, rassurante – trop, beaucoup trop. Sa voix est veloutée, avec juste ce qu'il faut de légèrement rauque pour la voiler, une voix si mélodieuse qu'elle m'endort : je dois faire des efforts pour l'écouter – mais sans doute aurais-je eu du mal à suivre une bonne vieille psychanalyse freudienne où le thérapeute se serait assis à côté de moi, son calepin sur les genoux, où il m'aurait écouté sans me regarder et ne m'aurait adressé la parole que pour me réclamer l'argent, à la fin de la séance.

Je ne sais pas si cette thérapie m'apporte quoi que ce soit, mais au moins j'ai l'impression de me battre – toute ma vie s'est résumée à me battre, à rester la tête hors de l'eau, à m'en sortir ; je m'en suis sortie.

J'ai toujours senti le mal que me faisait mon père, cette lente et continuelle punition, cette pression, ces volte-face et, plus encore, la façon dont ma grande sœur prenait ce mal de plein fouet, la façon dont elle a continuellement été blessée par mon père, détruite par lui. J'aurais voulu la sauver et l'éloigner de lui mais j'étais trop petite.

Si je détestais mon père, en même temps, il me rassurait. En sa présence, rien, ni personne, ne pourrait me faire du mal, un sentiment qui prenait source dans un souvenir d'enfance, un souvenir que je n'ai jamais raconté, pas même à l'analyste – je devrais sans doute – un événement très bref, de quelques secondes, un événement qui m'a permis de ne pas me sentir écrasée par mon père, de garder envers lui un fragment d'image paternelle, non associé à un conflit destructeur ; cet événement m'a permis de m'en sortir.

Nous étions à notre maison de campagne, à Treignes, une petite fermette en face du cimetière. Devant, passait une route en pente où souvent je traînais. Je jouais avec un gros bulldozer jaune et rouge ; je méprisais dînettes et poupées et je n'avais que des jouets de garçon.

Mon père sortit de la maison. Il s'étira en bâillant. Il regarda autour de lui, grave, comme pris par un doute métaphysique profond. Il a souvent cette expression, les sourcils froncés, un pli vertical sur le menton ; dans ces moments-là, je le soupçonne de ne penser à rien. Soudain, il courait vers moi, le plus vite possible, mais sans énervement. Je le regardais, dans les yeux, hypnotisée par ses yeux clairs dirigés droit sur moi. Ensuite, je ne vis plus son visage. Il était trop près. Ses mains emprisonnaient mon buste, soulevaient mon corps. Je ne comprenais pas ce qui se passait. Je me laissais porter par mon père. Je sentais la vigueur de son torse contre le mien, sa forte odeur d'homme. Puis je vis, à quelques centimètres de mon visage, un camion gris qui passait, freinait, dérapait même, mais ne pouvait s'arrêter et écrasait, dans un claquement bref, mon jouet en plastique.

Ce camion gris que je n'avais d'abord pas entendu, dont le moteur s'était confondu avec le bruissement des feuilles dans les arbres, dévalait à présent la fin de la rue, en contrebas, dans un rugissement de moteur et les frottements aigus des freins qui patinaient, et je compris que j'avais failli être écrasée par ce camion.

Il avait dû déboucher d'en haut de la butte, à toute allure. Après le pont du chemin de fer, il avait roulé vers moi, sans parvenir à freiner.

Sans mon père, sans ses gestes rapides et précis, je serais morte.

Mon père s'arrêta de courir. Il me déposa sur le sol. Je croyais qu'il allait me fesser mais il eut un grand sourire bonhomme et m'épousseta la jupe, calme, comme si rien ne s'était passé. Il semblait même plus serein encore qu'avant l'incident.

Depuis ce jour, malgré ses mensonges, ses cris, sa violence, malgré tout cela, je suis rassurée par la présence de mon père. Je le hais mais il me rassure. Je sais qu'il est là, toujours à mes côtés, qu'il m'observe, qu'il verra le danger avant moi et sera prêt à faire n'importe quoi pour me sauver, pour nous sauver, nous, ses deux filles, qui ne savons pas lui parler sans crier, ou bouder, ou devenir folle.

La toute première étape de ma thérapie a été d'accepter que mon père n'était pas l'unique source de mes angoisses, qu'il n'était pas le seul « coupable ». Ma mère, et surtout le silence de ma mère, était aussi un terreau dans lequel s'enracinaient certaines de mes névroses. Ensuite, il me fallut rejeter tout entière cette idée de culpabilité de leur part. Voir les choses de cette manière n'est pas très constructif.

Trop longtemps, je n'ai vu mon père que comme un tortionnaire et ma mère comme une victime, alors qu'ils étaient tous les deux victimes et tortionnaires, tous les deux humains. Mes parents ne sont pas coupables. Ils ont fait ce qu'ils ont pu, ont donné ce qu'ils avaient à donner, c'est-à-dire pas grand-chose.

Je n'ai connu ma mère qu'aux aguets, comme un moineau. Elle avait peur que nous nous électrocutions, que nous nous ébouillantions, ou que l'une de nous deux tombe dans les escaliers. Évidemment, dès qu'elle avait le dos tourné, nous finissions par nous électrocuter, par nous ébouillanter, et je suis moi-même tombée trois ou quatre fois dans les escaliers, heureusement sans autre séquelle que des hématomes.

Ma mère a toujours obéi à ses maris ; ses maris l'ont toujours écrasée. Son mari actuel, monsieur Stein, lui a formellement interdit de nous rendre visite et même de nous écrire. Je devrais haïr cet homme pour cela, mais malheureusement, je le comprends. Il a peur de nous, pas seulement de notre père, mais peur aussi de ses deux filles perturbées. Car nous sommes toutes les deux perturbées. Chez Martine, la perturbation est plus apparente, mais peut-être qu'elle l'extériorise mieux. Elle évacue et se cure par accès de folie. Elle crée sa démence pour mieux se défaire de cette démence. Il y a toujours eu dans ses crises quelque chose, je trouve, de démonstratif et de théâtral.

C'est grâce à cela, d'ailleurs, en me forçant à n'y voir qu'un spectacle, que je me suis protégée du traumatisme qu'auraient dû entraîner pour moi ces crises. J'étais très petite, j'avais sept ans quand les infirmiers sont venus pour l'interner. Je me forçais à croire à une sorte de représentation théâtrale où Papa et Maman faisaient semblant d'être des enfants et pleurnichaient et où

Martine poussait de grands cris comme une tragédienne, et des gestes incohérents, des yeux révulsés, de la salive s'écoulant de sa bouche. Plus tard, retournement dramatique : tante Sarah, plus belle et plus star que jamais, venait se disputer avec Papa, il y eut des cris, tante Sarah hurlait, et ses gestes à elle étaient encore plus amples et plus démonstratifs.

Personne ne faisait attention à moi. J'allais de l'un à l'autre. Je les observais, curieuse, comme un amateur d'art dans une galerie. Je ne devais pas être tout à fait insensible à la scène qui se déroulait devant mes yeux mais je refoulais toute peur, au point d'ensuite censurer ma grande sœur ; une semaine après, j'en avais oublié jusqu'à l'existence. Je me crus fille unique pendant des mois. Cela dura jusqu'au début de ces disputes qui allaient aboutir au divorce de mes parents. Le mot dispute n'est peut-être pas adéquat : ils ne se criaient pas dessus mais parlaient, froidement, cyniquement, avec une violence larvée que, cette fois-ci, je ne sus éviter, cette violence me frappait de plein fouet et je ne m'endormais que sanglotante. Un jour, au détour d'un de leurs échanges d'arguments désynchrones, l'un d'eux, ma mère je crois, prononça le nom « Martine ».

Cela me perturba. Qui était cette Martine ? Ce nom m'évoquait vaguement quelqu'un, mais qui ?

Je tentai de me débarrasser de ce nom, de l'oublier de nouveau, mais il rouvrait une à une les portes que j'avais fermées dans ma mémoire et je devins comme hantée par ma sœur. Parfois, je sentais sa présence derrière moi et je me retournais brusquement ; il n'y avait rien. Elle obsédait mes rêveries éparses au seuil de l'endormissement. Je croyais voir sa silhouette dans une ombre ou un reflet. Petit à petit, son souvenir me revenait, morceau par morceau, d'abord son visage, son sourire, son odeur, sa voix, puis sa démarche, ses mots, son corps et j'avais l'impression, à présent, qu'elle ne cessait de me suivre, qu'elle était toujours là, à mes côtés et, un soir, subitement, je revécus, dans tous ses détails, la scène du départ de Martine, cette scène originelle, d'où découlaient toute mon amnésie, et toute l'émotion, toute la peur que j'avais réfrénées pendant l'internement de ma sœur, tout cela me revint et m'anéantit. Je ressentis, tout d'un coup, le besoin de la revoir. Je venais de me coucher, d'éteindre la lumière. Assise dans mon lit, secouant la tête dans tous les sens, je me mis à crier : « MARTINE ! » Mais elle n'était toujours pas là, elle ne revenait toujours pas, alors je continuai à hurler son nom, de plus en plus fort, à tue-tête, jusqu'au vertige.

Soudain, la lumière m'éblouissait, mon père entrait dans ma chambre, me prenait dans ses bras, plus affolé que je ne l'avais jamais vu jusque-là. Pour le rassurer, je cessai de crier.

« Qu'est-ce qu'il y a ? aboya-t-il.

– Je veux voir Martine », murmurai-je.

Il me regarda avec un air absent. Il respirait bruyamment du nez.

« Je veux voir Martine », répétai-je. Il restait immobile et je répétai encore cette phrase, de plus en plus fort, jusqu'à de nouveau crier : « JE VEUX VOIR MARTINE ! » Il se leva et sortit.

À bout de souffle, sans voix, je me tus.

Ma mère entra à son tour. Elle tentait de me consoler, elle me tapotait la nuque en répétant : « Calme-toi, ma petite chérie, calme-toi... », mais je ne me calmais pas, je continuais à pleurer, à répéter : « Je veux voir Martine... »

Elle sortit aussi soudainement que mon père et revint au bout de quelques minutes, avec un sourire éclatant, comme si, d'un coup, elle venait de trouver la solution de tous les problèmes du monde : « Ton oncle Élie veut te parler. Au téléphone. »

Sans cesser de pleurer, je sortis de mon lit et me traînai jusqu'au téléphone.

« Allô ! fit la voix aiguë d'oncle Élie. Tu veux aller rendre visite à ta sœur, m'a-t-on dit ?

– Oui…
– Demain, ça irait ? Après l'école ?
– Oui…
– Bien. Alors à demain ! » et il raccrocha joyeusement.

Oncle Élie était le seule membre de la famille à avoir le courage, la force ou l'insouciance nécessaires pour rendre visite à Martine. C'était un type étrange, oncle Élie. Je sais qu'il énerve très fort mon père et que beaucoup de gens le trouvent sentencieux mais, moi, je l'apprécie. Pour des raisons que j'ignore, toute la branche de sa famille, son fils Nathan et ses deux petits-fils, Ernest et Max, sont moins moroses que les autres Rabinovitch.

Nathan, ces dernières années, organise régulièrement des réunions à l'occasion des fêtes juives. À force de tractations téléphoniques, il arrive à rassembler la famille presque entière – c'est un négociateur-né, Nathan. Ces fêtes se passent dans une ambiance détendue, calme et paisible (sauf la fois où, à une fête de Pessah, Yossi et Marie se sont disputés devant tout le monde). Et, ce qui est très important pour moi, à ces fêtes, nous prions en hébreu, nous suivons les rituels, nous faisons des gestes typiquement juifs. Le judaïsme, ce n'est pas une foi, ce sont des gestes. Ces gestes m'ancrent dans un réel identitaire qui me rassure et m'enrichit.

Oncle Élie m'attendait devant l'école. Il lisait le journal, avec une concentration telle que je n'osai pas l'interrompre. Je restai devant lui quelques minutes. Il remarqua ma présence, me sourit avec douceur et me fit signe de monter dans sa voiture. On aurait dit qu'il était là pour m'emmener au cinéma.

J'imaginais l'asile comme une grosse prison médiévale, sombre et trapue ; c'était une bâtisse blanche, entourée par un parc. Des gens y marchaient très lentement. Seules les blouses blanches différenciaient le personnel hospitalier des patients. Certains avaient l'air perdu dans leurs pensées, ou un peu inquiets, mais ils ne ressemblaient pas à l'idée que je me faisais des fous : aucun ne portait un bicorne de Napoléon ou un entonnoir.

Martine non plus ne semblait pas folle, en tout cas beaucoup moins que pendant sa crise. Elle était assise dans un fauteuil, devant une fenêtre. Elle avait posé sur ses jambes une grosse couverture à carreaux.

« Bonjour Aline », dit-elle en me voyant, mais sans émotion particulière, comme si nous nous étions quittées la veille. Elle me parla évasivement, du temps qu'il faisait, de la nourriture, des médecins. Je buvais ses paroles, sans dire un mot. Quand je partis, elle me demanda : « À bientôt ? » Je ne répondis pas.

Je ne venais pas souvent la voir. Je m'en sentais coupable. Récemment, je lui ai parlé ; elle m'a avoué que mes visites lui faisaient du bien mais qu'elles étaient éprouvantes : devant moi, elle se contrôlait, surveillait chacun de ses gestes. Elle était contente, en fait, que je ne vienne pas trop souvent. (Quand elle m'a raconté cela, je me suis retenue de pleurer.)

Dans la voiture, oncle Élie me posa des questions sur mes parents. Comment allaient-ils ? Se disputaient-ils souvent ? En guise de réponse, je déclarai : « Je ne me marierai jamais ! »

J'avais craché cette phrase. Mon oncle éclata de rire :

« Mais si, mais si, ma petite Aline, un jour tu te marieras. »

Je ne me suis jamais mariée. Il n'y a pas, pour cela, de raison précise, psychologique, par exemple, liée au divorce de mes parents, mais je n'aime pas trop les hommes. Je ne les ai jamais aimés, à part mon cousin Yossi, dont, à treize ans, j'étais follement amoureuse, comme toutes les filles d'ailleurs : Yossi, à l'époque, était mince et morgueux, il vous déshabillait du regard avec un air carnassier et, surtout, c'était un rebelle.

Un jour, à une réunion familiale, en rougissant comme une pivoine, je lui avais suggéré de nous voir, rien que nous deux, pour se connaître, se parler, cousin, cousine, et cetera. À mon grand étonnement, il accepta. Il me proposa d'aller à la piscine avec lui, le jeudi suivant.

Évidemment, je paniquais. Quel maillot de bain fallait-il porter ? Devais-je tenter d'être sexy, me montrer le plus possible ? (C'était le tout début des bikinis.) Mais j'avais le corps encore en ébauche d'une adolescente juste pubère et j'étais rongée de complexes. Je finis par opter pour un maillot une pièce noir. Cacher, décidai-je, est le fondement de l'érotisme. Je serai tellement cachée sous ce maillot que cela ne pourra que l'attirer. Je pris peur : le peu que je daignais montrer, n'était-ce pas déjà trop ? Yossi n'allait-il pas être rebuté par ma peau grasse ? par mes bras lourds et mes cuisses molles ? N'aurais-je pas mieux fait de lui proposer d'aller au cinéma ? Quels étaient ses sentiments envers moi ? Comment les deviner ? Allait-il me les dévoiler à la piscine ? Ne resterait-il pas, comme d'habitude, une énigme ?

Nous avions rendez-vous à quatre heures à la piscine Victor Boin. J'avais (forcément) dix minutes d'avance. C'était le printemps, mais un vent glacial soufflait par rafales. Je sautillais sur place pour me réchauffer. De minute en minute, d'interrogation en inquiétude, je trouvais de nouveaux sujets d'angoisse. Et s'il me posait un lapin ? S'il avait tout oublié de ce rendez-vous ? Peut-être me méprisait-il tellement qu'il se fichait de venir ou pas...

Quand, enfin, je le vis arriver, avec dix minutes de retard, je fus d'abord soulagée. Puis, une boule apparut et grossit dans ma gorge. Qu'allait-il faire ? Qu'allait-il dire ? Et moi, aurais-je les réactions appropriées, n'allais-je pas, d'un mot malheureux, tout gâcher ?

Il m'embrassa gentiment sur les deux joues. Il entra dans le bâtiment. J'hésitai un peu, le suivis.

J'eus l'impression absurde d'être sur la bonne voie : j'étais en train de le séduire, il ne pouvait que se sentir attiré par moi, par mon corps, comme le fer par l'aimant, car j'étais sa cousine !

Et tous les garçons sont attirés par leurs cousines ! L'attrait, j'en étais sûre, de l'interdit, de la promiscuité familiale ! (Quelle promiscuité familiale ? nous nous voyions à peine toutes les deux semaines !) Il ne pourrait que se précipiter dans mes bras !... Mais, après ? me demandai-je. Devrons-nous faire l'amour ? Devenir un couple ? Habiter ensemble ? Nous marier, faire des enfants, au mépris de toutes les lois, même génétiques ? Amants scandaleux et enflammés !...

Je sortis de la cabine. En me dirigeant vers les douches, je passai devant un miroir mais je ne me regardai pas : je n'en avais pas besoin, décidai-je ; de toute façon, j'étais jolie dans ce maillot noir, il ne pourrait que m'aimer dans ce maillot noir. Intimement, j'étais convaincue du contraire.

Sous la douche, je fus frappée par une inquiétude nouvelle : à quoi est-ce que je ressemblais, les cheveux mouillés et plaqués sur mon crâne ? N'étais-je pas trop moche ? Ma tête n'avait-elle pas l'air trop grosse ? Je me rappelai que je devais porter un bonnet et je me mis à angoisser sur ce bonnet : mon visage seul, sans la protection du casque de mes cheveux, n'aurait-il pas l'air étrange, disproportionné, mal réparti entre le côté gauche et le droit ?

Je restai quelques minutes à me tourmenter mentalement sous le pommeau.

Quand j'en sortis, Yossi nageait déjà un crawl régulier et rapide.

Il me vit m'approcher de la piscine et s'arrêta dans la profondeur basse. Avec son sourire ironique habituel, il m'observa entrer progressivement dans l'eau. Je me mouillai les jambes, les bras et la nuque, avec une dignité de nageuse soviétique, puis je laissai lentement mon corps s'enfoncer dans l'eau tiède et chlorée. Je nageai jusqu'à faire face à Yossi, sans oser le regarder. Je me demandais : et maintenant quoi ?

Il eut un petit sourire : « Alors, cousine ? Tu n'as pas l'air de t'amuser ? » Et de sauter sur moi, de poser ses mains sur mes épaules, de m'enfoncer sous l'eau. Un fragment de seconde, je vis son visage déformé par un rictus sauvage, le visage d'un indien qui va scalper une victime.

Je me démenai pour qu'il me lâche. Mais il était bien plus fort que moi et, très vite, je cessai de bouger. Il me prenait pour une gamine, pour sa cousine et rien d'autre que sa cousine. Je voulais mourir de honte.

Il me ressortit de l'eau aussi brusquement qu'il m'y avait plongée : « Alors, petite, heureuse ? » avec un ton faussement égrillard. Et il me planta là, pour faire des longueurs.

Je le regardai nager. Après quelques minutes, je commençai à avoir froid. Mais je n'arrivais plus à bouger. Je laissai le froid humide lentement transpercer mes muscles jusqu'à atteindre mes os. Je savais déjà que c'était le dernier homme dont je tomberais amoureuse.

Vous vous dites sans doute que mon cousin Yossi n'a rien à voir, que mon dégoût des hommes a surtout été causé par mon père mais, cela aussi, c'est une explication simpliste ; de toute façon, il faut cesser de chercher des coupables ; pour me réconcilier avec moi-même, comme le dit si bien ma thérapeute, je dois d'abord me réconcilier avec les autres et, donc, avant tout, me réconcilier avec mon père.

Récemment, j'ai été mêlée à un procès : un de nos clients, de Hanovre, n'avait pas payé une facture. Il contestait certaines des conditions, pour lesquelles, pourtant, il avait signé. Après six mois d'échange de lettres, nous entamions une procédure juridique que nous étions sûrs de gagner.

Je voyais notre ex-client et adversaire pour la première fois. C'était un homme blême, d'une cinquantaine d'années, plutôt massif, habillé avec une élégance surannée, les gestes précis, presque féminins. Dès que je l'eus en face de moi, je sus qu'il était juif. Je reconnais les juifs au premier abord, presque instinctivement. Cela ne fonctionne pas toujours très bien avec les Séfarades ou les Israéliens, que je confonds souvent avec des Arabes, ni avec les jeunes, mais, dans la génération de mon père, je décèle immédiatement si quelqu'un est juif : par sa manière de s'habiller, avec les mêmes vêtements qu'un goï, mais portés d'une manière imperceptiblement différente ; par une certaine modestie dans le maintien, dans la démarche, dans la manière de vous regarder ; et, surtout, par une peur, sous-jacente et constante, qui marque chacun de ses gestes avec, en même temps, une façon de surmonter cette peur par ce qu'on appelle l'humour juif et qui n'est que le déni du traumatisme. Ils parlent et rient trop fort. Et leurs rires s'étranglent vite.

Pendant tout le procès, notre adversaire me lançait des regards furtifs. Parfois, même, il me souriait. Il perdit l'affaire et fut sommé de payer les sommes dues, mais il continuait à me sourire. Pourtant, je n'ai pas un visage attrayant, pas au premier abord, pas pour un homme, ni un corps qui répond à des canons de beauté stéréotypés. Je ne suis pas le genre de femme que l'on tente de « draguer » par des jeux de regards langoureux, surtout pas dans une salle du Palais de Justice !

Il me rattrapa à la sortie de la salle : « Mademoiselle ? Vous avez un rapport avec Arié Rabinovitch ? » Il parlait le français correctement, mais avec un fort accent, moins yiddish qu'allemand.

Je lui répondis que j'étais sa fille.

« Ah ! Je l'ai très bien connu, jadis, votre père ! » Il me sourit, mais voyant que je ne lui souriais pas en retour, son expression devint celle d'un adolescent timide. Il m'invita à prendre un verre et ajouta aussitôt, un peu embarrassé : « Enfin, juste un verre, pour parler, parler de votre père... » Je n'avais aucune envie de parler de mon père, mais il me regardait avec des yeux de chiot fébrile et je ne savais pas comment refuser. J'acceptai en décidant de ne pas piper mot. Une fois assise sur une chaise en faux rustique du *Nemrod*, avant même d'avoir commandé, je me mis à me plaindre de mon père, à le critiquer, je racontai tout, ses coups de gueule, ses bouderies, Martine qui devenait folle, notre mère qui le quittait, ses histoires absurdes sur la guerre et la Palestine, et je finis par un : « Je déteste ce connard ! » qui fit se retourner sur moi les occupants des tables avoisinantes.

Je ne me rendais pas compte que je venais d'ouvrir la boîte de Pandore. Je ne savais pas que là, soudain, la vérité sur mon père allait m'exploser en pleine figure, et me blesser, et me sauver. Le plus étrange, quand j'y repense, c'est que cette vérité qui, depuis des années, faisait souffrir mon père et le détruisait, cette vérité dont jamais il n'aurait pu me parler sans être détruit par la honte, là, dans un café du boulevard de Waterloo, un inconnu me la révélait, sans aucun effort.

Après ma diatribe, l'homme blême hésita un moment. J'eus l'impression qu'il me décochait un regard furieux, mais très bref, d'une fraction de seconde ; il sourit, la bouche en cul de poule : « Je dois vous raconter quelque chose, mademoiselle. »

Il reprit sa respiration. Une lueur douloureuse passa dans son regard et il murmura, en regardant de tous les côtés, conspirateur : « Dans les années 40, votre père était blond, avec des yeux clairs. Nous avions d'abord pensé à son grand frère, votre oncle, parce qu'il parlait parfaitement l'allemand et le polonais. Mais ceux qui le connaissaient, d'avant-guerre, estimaient qu'il n'en aurait pas le cran. Votre père, lui, était très jeune, même pas dix-sept ans, même s'il faisait plus. Sa jeunesse le rendait d'autant plus intrépide. Il avait beaucoup de sang-froid. Nous l'avons donc utilisé.

– Vous ? Qui, vous ? Utilisé comme quoi ? »

L'homme se mordilla plusieurs fois la lèvre supérieure ;

fichant soudain son regard dans le mien, fronçant les sourcils jusqu'à couvrir son front de rides brisées, il me dit :

« Comme tueur. »

Il répéta : « Tueur », comme s'il mâchonnait le mot pour mieux en goûter la saveur en français. Il enchaîna :

« Nous lui fournissions des faux papiers et l'envoyions tuer des gens – deux en Allemagne, un en France. Il n'a fait que trois missions, je crois. »

Je restai un moment sans arriver à simplement formuler une pensée. Je m'entendis demander :

« Qui étaient ces hommes qu'il tuait ? »

J'espérais que la réponse soit « des nazis » ou « des collaborateurs » ; mais il me répondit, dans un soupir : « Des juifs. »

Ma respiration se bloqua : « Quels juifs ?

– Oh... Un dénonciateur. Un industriel qui travaillait pour les nazis. Le troisième, je ne me rappelle plus... Vous savez, les nazis faisaient participer des juifs à la déportation. Ils les menaçaient, les amadouaient, créaient des conseils juifs, des polices juives, engageaient des informateurs. Nous pensions que s'il y avait des représailles, ces juifs hésiteraient à aider les nazis, ce qui ralentirait la déportation. Notre travail fut une goutte d'eau dans l'océan... Et la plupart de ces « traîtres » – nous les appelions comme cela à l'époque – maintenant, tout cela peut sembler plus trouble – ces « traîtres » ont de toute façon fini par être déportés, fusillés, pendus, exterminés à leur tour... Votre père ne supportait pas de tuer des juifs. Nos autres agents (nous en avions une petite dizaine) n'avaient pas ce genre de problèmes, c'étaient souvent des gens bizarres, des demi-escrocs, des demi-fous, mais votre père, pourtant un de nos meilleurs éléments, votre père, lui, ne supportait pas de commettre des crimes. Après la troisième mission... Il faut dire que le troisième –, maintenant, ça me revient – le troisième, c'était quelqu'un qui avait été proche de votre famille. Un juif allemand, comme moi. Il était payé directement par Vichy. Il repérait les juifs cachés dans les villages du sud de la France. Il s'appelait Louis Rozman. Vous en avez entendu parler, peut-être ?

– Non...

– Toujours est-il qu'après cette troisième exécution, votre père a craqué. Il a fait une dépression. Il a fallu l'interner, jusqu'au début des années 50.

– Pourquoi est-ce que mon père raconte toutes ces histoires absurdes de Tchécoslovaquie et de Palestine ?

– Il récite sa leçon. Nous ne voulions pas révéler toute cette opération. C'était quelque chose qu'il fallait faire, mais nous n'en étions pas fiers. Cela aurait pu causer un scandale inutile. Alors, à lui comme à tous nos agents, nous avons inventé un passé de résistants. En plus, il a été interné plusieurs années en Suède, alors on lui a ajouté quelques histoires de combattant sioniste, rien de très important... (Il dodelina un moment de la tête, en regardant son chocolat chaud, puis se tourna vers moi et me sourit.) J'aimerais rencontrer votre père. J'aimerais le revoir, après toutes ces années.

– Lui ne veut certainement pas ! »

Il eut un sursaut blessé :

« Vous avez probablement raison... »

Sans un mot de plus, il paya, se leva, partit. Il traversa le boulevard et prit le goulet de l'avenue Louise. Bientôt, il ne fut plus qu'une silhouette grise. Je le perdis de vue.

Le soir même, je fis un rêve. Cela se passait sur une terrasse, sans doute celle du *Nemrod*, mais transposée ailleurs, dans une ville d'eau, mélange instable entre Spa et un station thermale autrichienne. À côté de moi était assis mon père. Il semblait plus vieux ; il tenait son dos courbé (dans la réalité, il se tient toujours droit, martial, comme un soldat d'opérette).

« Papa, lui dis-je. Papa, je sais.

– Qu'est-ce que tu sais ? me répondit-il avec un petit sourire triste (un sourire que je ne lui avais jamais vu).

– La vérité. Ce que tu as vraiment fait pendant la guerre. »

Il se laissa tomber dans mes bras. Il me semblait léger, comme un tout petit enfant. Il sanglotait des hoquets, qui se transformèrent peu à peu en cris, de plus en plus forts et déchirants.

Je me réveillai en larmes.

Le lendemain, j'appelai mon père. Je lui proposai de manger ensemble, à midi. Au téléphone, il semblait enchanté. Au restaurant, tout de suite, il fit quelques remarques blessantes sur mes habits, sur la façon dont je m'étais maquillée, sur mes cheveux.

Je me tus. Je mangeai ma soupe saïgonnaise en le laissant râler tout seul.

Je sus que jamais je ne lui parlerais de son secret, jamais je ne lui dirais que je l'aime, parce que je le sens là, près de moi, prêt à traverser la rue en courant, pour me sauver, que je l'aime parce que je n'ai pas le choix, parce qu'il est mon père. Non, je ne lui dirai jamais tout cela. Je lui ai parlé dans mon rêve. Il a pleuré dans mon rêve. Cela me suffit.

Max est épais, mais plus musclé que gros. Il émane de lui une force un peu intimidante, sensible même dans une photo de son visage.

Ses yeux brillent de malice. Dans l'ombre que fait le renfoncement des orbites, on voit des lueurs, deux points blancs, presque invisibles, qui teintent le regard de malice et tempèrent son visage rude.

Je m'appelle Max GeRabinovitch. Dans ma gevie, j'ai eu l'extrême gechance (et la geextraordinaire audace) d'inventer deux langages.

Le premier est IEL, langage de programmation dirigé objet avec un gecontrôle constant, presque instantané, de la gesyntaxe structurelle et, en outre, des possibilités de geextensions en langage naturel qui... mais c'est un peu getechnique. Si l'un de vous, professionnel ou amateur éclairé à ses heures, veut de plus amples explications, ou une geliste de prix, il peut toujours m'appeler au bureau (tél. : + 32 2 66 02 25).

Le second langage que j'ai eu le gehonneur d'inventer, c'est la gelangue. Le but et l'objet de la gelangue, c'est de gerajouter des « ge » avant certains substantifs, adjectifs ou geverbes dans le but de genéerlandiser la langue française. En effet, le néerlandais se gecaractérise (entre autres) par le rajout du préfixe « ge » (se prononçant « gue ») à la racine d'un verbe pour en indiquer le participe passé. Et, donc, dans un souci œcuménico-belge, pour atténuer autour de moi, à ma modeste échelle, le conflit communautaire qui ravage notre petit pays, je gerajoute, geallègrement, quand ça me gechante, des « ge » aux gemots de mon gechoix. Pour moi, la vie est triste sans quelques « ge ».

Évidemment, il y a des geexceptions. Par exemple, vous ne dites jamais de la « gesemoule » mais, pour d'évidentes raisons d'euphonie, de la « segemoule ». Hé oui !... Et pas « geclinique », mais « cligenique ».

Vous trouverez certainement, à l'usage, d'autres exceptions et pourrez, alors, en discuter la pertinence avec le comité de défense de la gelangue, c'est-à-dire moi. Pour ce faire, appelez le numéro cité plus haut. Merci d'avance.

Ce que j'apprécie geparticulièrement dans la gelangue, c'est sa flexibilité, sa gefantaisie, son non-systématisme. Je peux fort bien – pourquoi pas ? – me passer de « ge » pendant toute une phrase. Par exemple, gevoici :

« Hier, j'ai mangé des pommes. »

Saisissant, n'est-ce pas ? Pas un seul « ge » ! Mais j'aurais pu tout aussi bien dire :

« Gehier, j'ai gemangé des gepommes. »

Pourquoi pas ? Gepourquoi pas ? Gepourquoi gepas ?

C'est justement cette geabsence de systématisme, de structure, de grammaire, de gesyntaxe, qui énerve et, je crois même, qui geinquiète, fortement, le pater. Il sait bien que c'est rien qu'une grosse geblague, que c'est pour gerire, mais lui, il ne peut s'empêcher de prendre tout cela au sérieux, d'invoquer Chomsky et geSaussure, parce qu'il a l'impression que la gelangue se moque de ses jouets conceptuels, et le pater, au fond, il n'est pas informaticien, non, il gejoue ! Et c'est pour cela que, moi aussi, depuis ma plus getendre enfance, je voulais devenir informaticien ! Je savais que le pater s'énervait au geboulot, il ne souriait que rarement, voire pas du tout, le pater a souvent l'air d'un pape qui embrasse la terre de l'aéroport où il vient de débarquer, mais les enfants qui gejouent sont graves, ils n'ont aucune notion de futilité et, à chacun des jeux qu'ils jouent, c'est comme si leur gevie tout entière était remise en question ; et, lui, mon père, il avait à sa disposition cet immense Lego multi-dimensionnel et abstrait, ce puzzle sans pièces, ce Meccano gecérébral dont, moi, enfant, j'étais jaloux ! Il avait l'air tof, son jouet ! Ça me bottait, moi, comme métier, de gejouer, de geconstruire !

Nous somme très geproches, le pater et moi, pas seulement comme père et fils, mais aussi comme maître et élève, quoique, maintenant, c'est devenu difficile de dire qui est le maître et qui l'élève.

Ne nous leurrons pas, je suis meilleur informaticien que lui, je le dépasse, ce qui est facile pour moi : je n'ai jamais connu de monde sans ordinateur, alors que, pour lui, au début, c'était un monde étrange, il a commencé par des bécanes sans clavier ni écran, mais avec des lampes qu'il fallait compter et convertir en base 10, il a programmé au moyen de cartes perforées, il a même connu ces temps héroïques où l'on ne disait pas ordinateur mais « computeur » ou « calculateur ». L'informatique, c'est pour lui un monstre, un monstre séduisant, gecertes, mais un monstre tout de même, auquel il ne s'est pas encore tout à fait habitué. De toute façon, maintenant que je le dépasse, le pater est encore plus fier de moi. Parfois, je surprends chez lui un regard tellement admiratif que je me sens comme une gamine de Morlanwelz que l'on félicite pour sa communion.

Avec Ernest, le pater reste plus en retrait, comme si mon frère l'intimidait. Pourtant Ernest s'occupe aussi, plus ou moins, d'informatique, il écrit dans une revue. Et ils ont un autre point commun : ils sont à la recherche de leur judaïsme : ils lisent des gelivres ; ils font des gefêtes ; ils geréfléchissent, très posément, sur ce que c'est, d'être juif.

Moi pas. Je ne me considère pas juif, mais demi-juif, ce qui est une identité très geprécise, plus précise, en fait, que d'être, comme Ernest et le pater, juif non-religieux, non-traditionaliste et non-gesioniste. Qu'est-ce qu'il leur reste, alors, du judaïsme ? En quoi font-ils partie du peuple élu ? Qu'est-ce qui les rattache encore à Moïse Maïmonide et Golda Meir ? La circoncision, peut-être ?

En général, je trouve que l'on entend trop parler des juifs. Cela ne me dérange pas, a priori, mais les Papous ? Pourquoi la communauté papoue de Belgique ne s'exprime-t-elle pas plus ? Pourquoi ne nous détaille-t-elle pas plus son histoire, pourtant hautement riche en péripéties colorées ? Pourquoi n'a-t-elle pas ses gereprésentants politiques officiels, ses écoles, ses sept mouvements de jeunesse ? Pourquoi ne fait-on pas de films ou de livres sur eux ?

Oui, gevraiment, on parle trop des juifs, et trop exclusivement en rapport à l'Holocauste. On ne les voit que comme des victimes. Mais ça, c'est la position médiatique et officielle. Dans les familles, c'est tout le contraire. On n'y parle pas de la guerre et de l'extermination ; on cache. Chez les Rabinovitch, les mots « guerre », « camp », « Holocauste », « Shoah » sont hautement tabous, tabous au dernier degré, sauf pour mon grand-oncle Arié, qui est un peu gaga. On parle souvent de ma grand-tante Rebecca, la résistante communiste, mais jamais de sa mort. On ne l'accepte pas, sa mort. On ne mentionne jamais non plus mon arrière-grand-père, qui s'est suicidé dans un pogrom. Tout cela reste soigneusement caché dans les oubliettes de la légende familiale. Si je connais vaguement ces histoires, c'est à force, par déduction de déduction.

Quand je leur dis que c'est mon père qui est juif et pas ma mère, les gens me répondent : « Mais alors tu n'es pas juif ! » avec une mimique soulagée qui me met hors de moi. J'ai l'impression qu'ils gepensent : « Ouf ! Un juif de moins ! » et, comme s'ils étaient tous Grand Rabbin de Rixensart, les goïs m'excluent du judaïsme, ce qui est aussi désagréable que les juifs qui m'y englobent sans me demander mon avis. Une identité, cela se ressent, cela se revendique, cela se vit ; cela ne se geimpose pas. Je suis à demi-gejuif. C'est cela, précisément, mon identité et je la porte tel un blason, avec une véhémence habile et totale !

Ernest, lui, se considère sans doute entièrement juif, cent pour cent juif, jusqu'aux ongles des doigts de pieds. Toute son adolescence, il passait ses samedis dans un mouvement de jeunesse plus ou moins sioniste, où il dansait des danses ridicules, chantait en hébreu sans comprendre un mot des âneries qu'il balbutiait, et portait une chemise bleue à lacet, très moujik de luxe. Il faut dire qu'Ernest aime faire partie d'un groupe. Il est friand de foules, de boîtes de nuit, de soirées, de cocktails. Moi, je déteste tout cela. Je suis un gemisanthrope.

Souvent, pour moi, Ernest est opaque comme du béton. Je crois qu'il est homosexuel mais je n'en suis pas tout à fait sûr. Une fois, il me semble l'avoir gesurpris dans sa chambre en train d'embrasser un garçon. Il avait quinze ans, moi dix-sept, et c'était une vision très fugace : j'avais ouvert la porte de sa chambre sans prévenir ; il me tournait le dos, devant un de ses amis, Alain Smet ; il l'embrassait ; peut-être était-ce la geperspective ou une illusion d'optique.

Nous n'avons jamais parlé de cela.

Plus encore que les groupes, je déteste surtout, et avec une obstination geinlassable, je déteste les écoles. J'ai eu une scolarité plutôt bousculée. Le pater me prenait parfois à part : « Fils, on doit discuter » ; il me faisait la gemorale ; j'attendais qu'il en ait fini et, le plus sérieusement possible, en faisant légèrement trembloter ma lèvre inférieure, je déclarais : « Cela ne se reproduira plus. » Il me souriait, satisfait.

Ma mère, elle, ne discutait pas. Elle se contentait de me regarder, l'œil éteint, comme un chien gebattu et, un sanglot dans la gorge, me demandait : « Pourquoi me fais-tu cela ? » Elle me détaillait ses petites misères, ses problèmes d'argent, ses maladies imaginaires, pour finir, encore une fois, par « Pourquoi me fais-tu cela ? » comme si c'était moi qui, en n'allant pas à l'école, avais causé tous les malheurs de sa vie. Elle m'assenait ce genre de gechantages affectifs de troisième zone tellement fréquemment qu'ils n'avaient plus aucun poids.

Après qu'ils eurent divorcé et que ma mère se fut installée à Uccle, j'habitai alternativement chez mes deux parents, me réfugiant chez l'un quand j'avais épuisé l'autre. Parfois, ils étaient obligés de se téléphoner ou de se voir pour discuter de mon cas. J'étais le dernier lien qui les reliait. Au moins, j'avais cette fonction-là !...

J'en avais tellement marre de l'école que je voulais getrouver un travail qui ne demande pas d'études. À douze ans, je pensais devenir footballeur. J'avais même une tenue mauve brillante, aux couleurs d'Anderlecht. Cela ne dura qu'un trimestre, et je me lassai de courir derrière une balle et de me gecrotter les guibolles. J'eus, ensuite, ma période pianiste. Je faisais des gammes une dizaine d'heures par jour. La nuit, avant de dormir, je mettais des cailloux entre mes doigts pour les écarter. Je ne devins jamais Glenn Gould ou Rubinstein. Je ne devins même pas un bon pianiste ; j'abandonnai. Je pensai m'orienter vers l'ébénisterie ou la plomberie, mais cela restait plus vague : il s'agissait, tout bien réfléchi, de vrais métiers, où il fallait se salir ; j'ai toujours détesté me salir.

Au départ, pourtant, ma scolarité avait débuté sous des très bons auspices. J'étais un élève raisonnablement doué. Jusqu'au début du secondaire, j'allais dans une école plutôt cool, j'écoutais un peu les cours, j'étudiais vaguement et réussissais bien au-dessus de la moyenne. Un jour fatidique de juin, le directeur appela ma mère et lui dit que j'étais trop intelligent pour cette école-là, que je m'y ennuyais, que j'y dérangeais les autres élèves et qu'il fallait donc, la rentrée suivante, que je passe dans un établissement d'un meilleur niveau. Ma mère se renseigna chez quelques-unes de ses amies. Elle m'emmena à Catteau.

Catteau est une des école les plus gecotées de Bruxelles. Elle ne prodigue pas vraiment d'enseignement, elle se contente de se gedébarrasser en chemin de ses mauvais éléments, pour n'avoir, en fin de réthorique, que la crème des crèmes : des bûcheurs consciencieux et sages.

Dès le départ, cela sentait le roussi. Nous étions entrés, ma mère et moi, dans le bureau du directeur. C'était un petit homme sec, à la voix grave et chaude qui emplissait la pièce, comme celle d'un chanteur d'opéra. En nous scrutant, tel le boa félon du *Livre de la Jungle*, il sussura : « Asseyez-vous. » Je m'assis sur le siège à côté de ma mère. Le directeur prit un air surpris. Sans la moindre agressivité, il me fit signe de me lever : « Ce n'est pas à toi que je parle. C'est à ta mère. Toi, tiens-toi debout. »

Je me levai poliment. Maintenant, quand j'y repense, je me dis que j'aurais mieux fait de lui gedemander : « Ta femme, elle est vaginale ou clitoridienne ? Elle prend par l'arrière ? J'ai comme projet d'ouvrir un club de sodomites profonds, cela t'intéresse ? », enfin, le genre de civilités qu'il faut lancer, dans ce type de situation avant qu'elle ne gepourrisse. Mais ma mère était inquiète pour mon éducation ; je me retins.

Ce fut une regrettable et regrettée erreur. Catteau me dégoûta des écoles. Au début, j'étais surtout occupé à rattraper mon retard en latin mais, le retard rattrapé, en moins d'un mois, je me rendis compte que cette école, ces élèves craintifs et brimés, ces professeurs sévères et sûrs de leurs supériorité intellectuelle comme de leurs hémorroïdes, cette ambiance de compétition, de sélection et d'élitisme, tout cela me faisait vomir. Je voulais brandir l'étendard de la révolte mais les élèves, timorés et craintifs, pâles émasculés sociaux de naissance, non seulement ne me suivaient pas, mais à présent m'évitaient, comme si j'avais une gemaladie contagieuse ! Alors, je m'endormais aux cours ou les brossais.

À la fin de l'année, je n'avais écopé que de quelques geexamens de passage, mais le professeur de math, avec lequel je m'étais plusieurs fois gedisputé, non sans raison, posa son veto et me fit doubler. Je me sentis humilié et furieux. Je rentrai à la maison, vide à cette heure.

D'abord, très romantiquement, je voulus me suicider. Je vous geassure que, pendant quelques secondes, je me voyais les veines coupées, ou pendu, ou écrabouillé sur le trottoir, et tellement beau ! Mais tout de suite, je trouvai l'idée ridicule et, surtout, dangereusement irréversible. Je décidai alors de faire quelque chose de terriblement décadent et qui allait marquer ma vie, choquer mes parents ! J'allais fumer, oui, devenir un fumeur invétéré, fumer cinq paquets par jour, tousser mes poumons,me flanquer un petit gecancer vite fait, bien fait !

Mais mon père ne fumait pas. Il n'y avait pas la moindre cigarette dans la maison. Je n'avais pas d'argent pour en acheter.

J'optai pour l'alcool. Je voulais me soûler, misérablement, jusqu'à plonger, getête la première dans l'alcoolisme le plus crasse et le plus invétéré ! Je ne trouvai, au salon, qu'une demi-bouteille de vin ; j'y goûtai ; j'en détestai le goût. Encore maintenant, je gedéteste le goût du vin ; tout ce que j'arrive à boire, ce sont des cocktails fruités où l'alcool ne se goûte pas trop.

Je ne pouvais donc ni me suicider, ni fumer, ni me soûler. Je pris donc un bain. Je me persuadai que prendre un gebain en plein après-midi était un geste d'une décadence incommensurable. Ce fut le bain le plus romantiquement désespéré de ma vie.

Pour rattraper mon échec à Catteau et avoir mon gediplôme de cycle inférieur, je passai le petit jury central, que je réussis, les doigts dans le nez et un sourire de hyène aux dents. Ensuite, après quelques années avortées dans des établissements qui se souviennent de moi avec des sueurs que j'espère froides, je me gedirigeai vers le grand jury central, pour accéder au diplôme d'études supérieures.

Je le réussis brillamment, à part, je le geavoue, l'examen de maturité. Je le passais en mathématiques. L'examinatrice était une petit gebonne femme en tailleur gris, le nez rond et rouge, les lèvres inexistantes, le genre de femme qui s'embrasse elle-même dans un miroir, parce que personne d'autre ne veut s'y coller.

Elle me demanda une démonstration. Je la fis aisément, avec ma légèreté proverbiale de danseuse étoile. Elle me geinterrompit, affirma qu'il y avait une autre méthode, plus courte.

Je réfléchis un moment. « Je ne crois pas, madame », lui dis-je gepoliment. Elle me donna quelques indications ; je voyais bien de quelle gedémonstration elle voulait parler, mais la sienne était plus complexe, comportait plus de termes et, en général, était moins jolie ; c'est très important, l'esthétique, dans une démonstration mathématique.

Je le lui dis. Elle s'offusqua. Elle me donna l'ordre de faire la démonstration comme elle le désirait, sans gediscuter.

Sa face était rouge. J'eus l'envie de la faire virer au blanc.

Je déposai la craie.

« Madame, lui dis-je, vous êtes une mal baisée. »

Et je gesortis.

Elle me cota deux sur vingt. Bon. Ce n'était peut-être pas une manœuvre très diplomatique. D'un autre côté, je vous assure, c'était une mal baisée. Au moins gemétaphoriquement.

Quelques mois après avoir terminé, en six années un peu cahotiques, mes études universitaires, je rencontrai Giselle Verbotten. Cela ne s'invente pas, un genom pareil.

Chez les Rabinovitch, ils sont toujours à la recherche de la gefemme idéale. Ils croient la trouver, se marient et se plantent lamentablement : crises, disputes, divorces et cetera. Moi, j'ai trouvé la femme la moins idéale possible et nous vivons ensemble depuis maintenant deux ans. Nous formons un couple bizarre, un peu olé-olé, mais qui durera, j'en suis sûr.

Je l'avais rencontrée dans un bar. Je ne crois pas aux rencontres dans les bars ; cela n'arrive que dans les films français de la Nouvelle Vague mais je dois me faire à l'idée : je l'avais rencontrée dans un bar... Laurent, un ami comptable, jeune garçon de province très posé, avec des lunettes à foyers multiples et aléatoires, m'avait entraîné là à mon corps défendant pour jouer au billard à bande. C'était la première fois de ma vie que je m'adonnais à cette discipline. D'abord, je jouai avec réticence. Peu à peu, je trouvai cela geamusant. J'extrapolais des stratégies, plutôt efficaces. Dès la seconde manche, je gegagnai.

À un moment, je sentis une présence derrière moi. C'était une jeune femme adossée au mur, qui me regardait, immobile, un peu lasse, le visage inexpressif, avec quelque chose d'une vachette égarée. Une chienne cachait son front jusqu'à presque couvrir ses yeux. Ses traits étaient réguliers, sans surprises. Elle tenait ses bras croisés sur un T-shirt bleu qui dessinait très précisément ses seins et les défauts de ses seins, la légère divergence concave des tétons, une tendance nette à l'affaissement par paliers et un écartement que d'aucuns trouveraient improbable.

Elle me regardait avec une telle gemorgue qu'elle me donnait envie de la bousculer. Entre deux coups, je lui souris, ironique. Elle resta de glace. Je lui fis une remarque, un jeu de mots je crois, qu'elle ne comprit visiblement pas. J'eus un accès de pitié pour elle. Je lui expliquai patiemment mon jeu de mots, avec le sourire le plus doux que j'avais sur ma palette. C'était une attitude paternaliste, mais je ne m'en gerendais pas compte.

Elle fit une grimace qui retroussait sa lèvre supérieure :

« Tu trouves que je suis une pauvre conne, c'est ça ? »

Je tentai de me rattraper en lui proposant un verre. Elle haussa les épaules : « Pourquoi pas ? »

J'abandonnai le billard et mon ami Laurent. Je suivis Giselle au comptoir du bar.

Elle restait muette. Elle me laissait parler, boudeuse, en regardant son verre. Elle avait pris un cocktail infâme au pisang, une sorte de sirop vert tirant sur une couleur indéfinissable. Elle finit par oublier qu'elle boudait, répondit à une question, se mit à décrire sa petite vie médiocre, ses passions futiles, sa vision du monde étriquée. Elle était volubile mais butait souvent sur ses mots, par manque de vocabulaire.

Au milieu d'une phrase, elle s'interrompit : « Si on partait ? » Sa voix avait changé. Elle était maintenant enrouée et inquiète.

Elle m'entraîna dans une boîte de nuit, le genre d'endroit où, d'habitude, je refuse strictement de mettre les pieds. Mais ce soir-là, je me sentais gecapable de tout.

Je ne pourrais plus décrire cette boîte de nuit. Je ne sais pas si elle contenait cent personnes, deux cents, ou mille. Je me souviens de lumières colorées et aveuglantes, de gemusiques si fortes qu'elles en devenaient inaudibles et du rythme syncopé qui m'ébranlait le ventre. Je bus plusieurs vodkas citron pour me remettre de tout cela.

Je regardais Giselle et me rendis compte à quel point elle rassemblait tout ce qui me déplaisait chez une gefemme. En même temps, elle m'excitait, une excitation animale, comme un chien qui renifle l'arrière d'une chienne.

Elle voulut danser. Je refusai. Nous criions, mais nos voix étaient couvertes par la musique.

Plus tard, nous étions dans la rue, devant le portail, et elle se mit à pleurer. Elle s'enfuit en gecourant. Je courus derrière elle. Je m'essoufflai. Je me rendis compte qu'elle allait me semer (elle est très sportive, très endurante) et je dus accélérer mon rythme. Je la rattrapai. Je la ceinturai. Elle lançait des coups désordonnés de ses gebras. Mais je l'enlaçais étroitement contre moi. Je lui caressais les cheveux. Intérieurement, j'étais en train de me répéter, en boucles récursives : « Arrête, elle est vulgaire, elle est idiote, elle est sans doute vaguement antisémite. » (Je me trompais ; elle est en fait farouchement et naïvement philosémite, au point que cela me fait un peu peur et que, jusqu'à présent, je lui ai gecaché ma demi-judéité.)

Sans le vouloir, en me méfiant, en cherchant désespérément des portes de sortie, des gebifurcations, des chemins de traverse, en freinant des deux pieds, je commençai à sortir avec elle.

J'appris à la trouver non pas jolie, mais charmante. Dans sa vulgarité, il y a quelque chose qui me la rend différente des autres femmes. Cette différence me touche. Devant elle, je suis comme le colibri devant le pistil d'une fleur : je bats des ailes et j'ai envie de picorer. Giselle a un gros cul, pas des hanches rondes ou en amphore, non, Giselle possède le vrai, l'unique, le sublime, l'incroyable, l'admirable, le difficile, l'esthétisant, le rabelaisque gros cul ! J'ai dû accepter ce gros cul, l'intégrer, en tomber amoureux, comme du reste.

Giselle a les joues rouges dès qu'il fait froid.

Giselle a le ventre creusé et les côtes saillantes.

Giselle a un tic étrange et énervant : elle embrasse un à un l'intérieur de ses doigts.

Giselle aime les gadgets.

Giselle déteste la couleur vert pomme.

Giselle chante faux et tout le temps.

Giselle danse comme une patate, mais elle s'y croit.

Giselle ronfle parfois – mais moi toujours.

Giselle a des yeux bleus, très clairs, presque aqueux.

Giselle déteste le téléphone et ne le décroche jamais. Quand elle veut voir une de ses nombreuses amies, elle se gedéplace ; si l'amie n'est pas là, tant pis, Giselle revient.

Nous n'avons rien à nous dire ; nous ne cessons pas de nous parler. Nous nous disputons sur tout. Nos relations sexuelles sont chaotiques et rarement fameuses. Nous nous aimons.

Je n'ose pas la montrer à la famille. J'ai un peu honte d'elle, c'est vrai, mais peur aussi des réactions des Rabinovitch, de leurs jugements, du mépris poli de mon père, du mépris impoli de ma grande-tante et, surtout, des réactions imprévisibles d'Arié, d'Aline ou de Yossi. Que vont-ils dire, penser ? Giselle ne sera jamais dupe, elle saura les décrypter comme s'ils avaient, en dessous de leurs têtes, des sous-titres ! Au moindre air supérieur, au premier sous-entendu, elle se fâcherait et leur rendrait insultes contre mépris ! (Et maladroitement, de surcroît !)

Il n'y a qu'Ernest qui comprendrait Giselle mais, elle, en retour, le trouverait bizarre.

Non. Je n'ai jamais présenté Giselle à un Rabinovitch. Je n'ai jamais invité personne de ma famille chez nous et ils sont tellement emplis d'eux-mêmes, de leurs geproblèmes qu'ils ne l'ont même pas remarqué. Ils me croient célibataire. Chez les Rabinovitch, le gecélibat est une tare héréditaire.

Il y a maintenant un mois et trois semaines exactement, Giselle m'a annoncé qu'elle avait un cadeau pour moi. Elle m'a tendu une geboîte, couverte d'un papier cadeau rouge vif avec des petites étoiles jaunes. Elle m'a dit : « Ouvre. » J'ai ouvert. Et j'ai eu l'impression d'être soudain écrasé par un poids de plusieurs tonnes.

Dans la geboîte, deux chaussons de bébé bleus clairs, avec des petites étoiles blanches.

Je suis resté un moment bouche bée.

« C'est pour Jean-Marie, a-t-elle dit.

– Jean-Marie ?

– Notre fils. »

Je tentai de lui expliquer que Jean-Marie n'était peut-être pas mon geprénom préféré, mais elle s'emporta : « C'est le prénom du meilleur gardien de but qu'ait jamais eu la Belgique ! »

Je sentis que nous allions nous disputer. Cela n'en valait pas la peine.

Jean-Marie Rabinovitch.

Après tout, c'est rigolo.

Et puis, qui sait, peut-être que ce sera une fille ?

Je faillis annoncer à mon père que j'allais avoir un bébé. Mais il aurait été vexé que, jusqu'ici, je lui aie caché Giselle. Je décidai d'attendre que le bébé naisse. Après, tout sera plus gefacile, plus évident. Quand Giselle sera devenue la mère d'un Rabinovitch, personne ne se permettra plus de la juger.

Quelques jours plus tard, je m'envolai pour la geHongrie, un contrat de deux semaines, pour traduire en C++ un programme de deux millions de lignes écrit dans les années 70 en fortran, un travail facile, aux deux cents bugs près. Pendant que j'étais à l'Est, mon grand-père tomba gravement malade. Personne ne m'appela. Pourtant, mon père avait l'adresse et le numéro de téléphone de mon hôtel en Hongrie.

Quand je revins à Bruxelles, mon grand-père venait de gemourir.

Je ne comprends toujours pas pourquoi mon père ne m'a pas appelé. J'ai essayé de lui en parler mais, chaque fois, il a changé de sujet. Cela m'a rendu encore plus furieux.

Après l'enterrement, pendant près d'un mois, les Rabinovitch cessèrent de se rassembler. Nous nous étions sentis trop proches les uns des autres ; à présent, c'est comme si nous en avions honte.

J'eus l'envie irrépressible d'annoncer à un des Rabinovitch que Giselle était geenceinte. Je voulais partager avec quelqu'un cette alternance d'angoisses et de joies, cette impression d'écrasement métaphysique, cette tornade neuronale. Pas avec mon père, surtout pas avec lui. J'essayai de trouver Ernest.

Il ne répondait pas au téléphone, ni même aux lettres. Je geenvoyai même un télégramme. Rien.

Je pris la voiture. Je roulai jusqu'à la rue Saint-Bernard. Il y avait de la lumière chez lui. Je sonnai. Je getambourinai à la porte.

La fenêtre s'éteignit.

Il ne voulait pas me voir. Savait-il que c'était moi ? Non, sans doute pas. Il ne voulait donc plus voir personne. Mais pourquoi ? J'étais geinquiet. Je le suis encore.

Sur cette photo sourit un visage de jeune homme, un visage mince, aux lèvres fines mais un peu boudeuses, comme celles de son grand-père. Des cheveux presque blonds, fins à en devenir flous, entourent ce visage et lui donnent un air presque inachevé.

Sur cette photo, j'avais oublié de ne pas sourire. Je croyais à l'époque qu'on avait toujours l'air ridicule quand on souriait sur les photos et je m'arrangeais pour prendre une mimique grave.

Je ne me rappelle pas quand fut prise celle-ci – sans doute à mon insu.

Maintenant, c'est devenu ma préférée.

Je m'appelle Ernest Rabinovitch. Je n'ai jamais su exactement pourquoi on m'a donné ce prénom. Enfant, il me désolait. Aujourd'hui, je le chéris. Je suis, définitivement et le plus intensément possible, Ernest Rabinovitch.

Je suis homosexuel. Je n'essaye ni de le cacher ni de le proclamer. Je me contente de l'être, comme d'être juif.

Pendant mon adolescence, je fréquentais sporadiquement un mouvement de jeunesse sioniste. Nous portions des chemises bleues de kibboutznikim, dansions des danses folkloriques, chantions en hébreu. Les moniteurs nous parlaient d'Israël et d'idéal pionnier. Nous ne les écoutions pas : nous voulions jouer au ballon dans le parc de Forest.

Entre nous se déroulaient souvent des conversations idiotes, où quelqu'un finissait toujours par poser une question dans le genre : pourquoi les Palestiniens ne sont-ils pas contents, après tout le bien que leur ont apporté les juifs en Israël ? Comment est-ce que les juifs ont pu se laisser tuer si facilement par les nazis pendant la guerre ? Et, enfin, pour moi le pompon : comment se fait-il qu'il y ait des homosexuels ? Chez les goïs, évidemment l'homosexualité est une maladie goï. Ils ne pouvaient pas imaginer d'homosexuels juifs.

Je ne disais rien. Je me contentais de les regarder, en cachant mon effarement. Ils devaient savoir, pourtant, ou deviner, ou avoir vaguement entendu les ragots, ou bien, peut-être, avaient-ils sciemment refoulé toute cette histoire ? La plupart d'entre eux avaient été à l'école juive, avec moi, et ils avaient appris, comme tout le monde, que j'avais voulu faire « quelque chose » à Bernard Fernstern.

J'ai oublié ce qu'était exactement ce « quelque chose ». Je présume que j'ai dû essayer de le toucher ou de l'embrasser. J'avais neuf ans. Bernard Fernstern était mon meilleur ami. Et j'en étais sincèrement amoureux. Je croyais que c'était normal d'aimer les boucles noires de son meilleur ami, sa nuque fine, ses lèvres pâles. Je croyais normal qu'on veuille toucher son corps.

Il faisait beau ce jour-là, ou bien c'est ma mémoire qui a saturé les couleurs, accru les contrastes, jusqu'à baigner toute la scène d'une lumière crue et chaude de début d'été.

Je ne sais plus ce que je fis. Je me rappelle juste que Bernard se rejeta loin de moi avec une grimace dégoûtée. Déçu, je me réfugiai au fond de la cour, derrière les pneus accrochés à l'unique arbre. Je leur donnais des petits coups et les regardais se balancer. Bernard revint, accompagné d'autres enfants. Je fis semblant de ne pas les voir. Soudain, ils m'entouraient, ils m'agrippaient par les vêtements, me hurlaient que j'étais « un sale », c'était cela, leur mot, j'étais « un sale », et je compris que, pour eux, ce que j'avais fait n'était pas normal ; je compris que ce n'était pas normal d'aimer les boucles noires d'un garçon, sa nuque, ses lèvres, et donc, moi, je n'étais pas normal. Je voulais que ces enfants se jettent sur moi et m'étripent et me lacèrent et me tuent.

Je restais immobile au milieu des cris.

Je vis le visage de Max dans la foule des enfants de plus en plus nombreux. Je reconnus sa face ronde. Il avait dû se laisser entraîner par les autres, sans comprendre ce qui se passait. Il ne criait pas. Il fronçait les sourcils. Je me sentis trahi : c'était mon grand frère, un des garçons les plus forts de l'école, il aurait dû fendre la foule pour me sauver. Mais il restait là, derrière les autres, à me regarder.

Une grosse surveillante dispersa les enfants. Elle nous emmena, Bernard Fernstern et moi, chez la directrice. Il lui expliqua ce qui s'était passé mais je n'écoutais pas. Je n'entendais qu'une suite de syllabes détachées les unes des autres.

On me confia à une autre surveillante, une femme au visage tellement grêlé que, pour nous, il ressemblait à un champ de bataille ; nous l'appelions « Quatorze-dix-huit. » Quatorze-dix-huit me conduisit en voiture jusqu'à la maison.

Quatorze-dix-huit était très bavarde. D'habitude, elle racontait des bêtises, colportait des ragots insignifiants, ou simplement pérorait. Là, elle ne disait pas un mot. Elle s'arrangeait pour ne pas me regarder.

Sur le trajet, j'avais de plus en plus peur. Quelque chose de terrible s'était passé. Je ne comprenais pas quoi.

Maman et Papa m'attendaient à la maison. L'école avait déjà téléphoné et Papa était revenu du travail. Mes parents se forçaient à me sourire. Ils me confinèrent dans ma chambre : « Pas pour te punir, expliqua mon père, mais nous devons parler, ta mère et moi. »

Dans ma chambre, je fis d'abord semblant d'être heureux : je n'étais pas en classe, à faire du calcul.

Je jouai avec mon Meccano. J'attachai une tige à une autre tige, avec une vis et un écrou. Je voulais fabriquer une grande grue de construction.

Je m'écroulai et pleurai.

Les larmes s'épuisèrent. Je restais par terre, immobile. Le soleil se couchait et la pénombre envahissait la chambre, mais je ne bougeais pas pour allumer. Au moment où il fit presque noir, on frappa à la porte. Je ne répondis pas. On frappa, de nouveau, un peu moins fort. J'entendis la voix de mon grand-père appeler mon nom. Sa voix était normale – pas inquiète ou tendue, comme celles de mes parents, mais juste un peu basse, et précautionneuse. Il devait me croire endormi.

Je me levai. J'allumai la lumière. J'ouvris la porte.

Mon grand-père avait déjà fait demi-tour vers les escaliers. Il se retourna. Il me fit un grand sourire, si éclatant que je ne pus m'empêcher de sourire à mon tour. Il entra dans ma chambre. Il s'assit par terre, dos au mur, comme un adolescent. Il me parla de choses et d'autres, me posa quelques questions anodines, se mit à raconter des histoires de son enfance.

Il me parla de sa mère, de ses frères, de ses sœurs. Il me raconta la naissance d'Arié, dans un train, en Pologne, les bagarres entre mes tantes Rifkele et Sarah, la guerre, qu'il avait passée caché, comme mécanicien, dans le sud de la France. Il me décrivit sa mère, son père et le petit village d'où ils étaient originaires. J'étais heureux : mon grand-père me parlait comme avant, normalement. Pour lui, ce que j'avais fait à Bernard Fernstern ne changeait rien de fondamental. Je restais son petit-fils. Il restait mon grand-père. Quoi que je fasse, il m'aimerait toujours.

Sans doute que si mon père ou ma mère m'avait demandé si je voulais « en parler à quelqu'un », « lui raconter ce qui s'était passé à l'école », pour « clarifier les choses », je me serais complètement refermé. Mais mon grand-père me dit tout cela si calmement, si naturellement, que je répondis :

« Je dois y aller ?

– Tu ne dois rien... Alors ?

– Pourquoi pas ? »

Il m'emmena chez un psychologue, un homme d'une quarantaine d'années, chauve, bedonnant, vêtu d'un costume bleu d'écolier anglais. J'étais impressionné par son cabinet, une grande pièce sombre, avec des photos de matières, presque abstraites, et des chaises en Skaï orange.

Je n'eus même pas à lui raconter dans les détails ce qui s'était passé avec Bernard Fernstern à l'école. Tout de suite, je sentis qu'il en était un, que lui aussi aimait regarder les nuques des garçons, leurs fesses, leurs lèvres, leurs jambes. J'ai toujours eu le flair pour repérer les homosexuels, moins par un détail précis que par une impression générale et diffuse. (Par exemple, il m'a toujours semblé que mon grand-oncle Arié était un homosexuel refoulé, caché ou très très discret.)

Je racontai ce qui s'était passé, la veille, à l'école. Le psychologue me sourit. Il prit un tabouret. Il s'assit en face de moi. Il me parla, avec assurance et douceur, comme l'aurait fait un père.

Il m'expliqua que j'étais homosexuel, que je préférais les garçons aux filles et que c'était juste une de mes caractéristiques, comme mes cheveux clairs ou mon nez pointu. D'après lui, l'homosexualité était normale, mais mal acceptée par la société. Je devais donc rester discret. Un jour, j'allais rencontrer un autre garçon, lui aussi homosexuel ; il me plairait ; nous formerions un couple, comme mon papa et ma maman, mais entre garçons.

Je n'avais rien fait de sale.

Je n'étais pas anormal mais différent. C'était comme d'être juif.

Depuis, je me suis souvent demandé si mon grand-père savait que ce psychologue était homo. Je le crois assez roublard et fin pour cela.

Je n'ai pas vécu la grande époque des homosexuels, des années 70 au début 80, quand tout le monde baisait avec tout le monde. Je ne sais pas si cela m'aurait plu. J'ai toujours fait l'amour avec un partenaire à la fois, et le plus souvent avec préservatif. Je n'ai jamais eu d'histoire compliquée ou passionnelle. Je ne suis jamais tombé amoureux d'un hétéro. Je n'ai pas réussi à former un couple, mais j'en ai toujours gardé l'espoir – ne fût-ce que pour diviser le loyer et habiter un appartement plus grand.

En général, j'ai tenté d'être un homosexuel ordinaire. Passer inaperçu, ne pas faire tache, c'est mon péché mignon.

Par atavisme familial, j'avais commencé mes études universitaires en informatique. C'était rassurant, comme l'ébénisterie pour un fils d'ébéniste. Après quelques semaines, je me rendis compte que je n'avais aucune envie de passer quatre ans derrière des ordinateurs. Je déviai sur les romanes.

Contrairement à la plupart des étudiants, moi, ce n'était pas la littérature qui m'intéressait mais les discussions autour de la littérature. Les autres déchantaient en découvrant que l'université prodiguait un savoir fossilisé et rance. Ce que j'aimais, c'était justement le ranci de ce savoir, c'était la fossilisation universitaire qui l'emprisonnait, ce discours autour du discours, souvent inutile, mais parfois très beau, une œuvre d'art, en somme.

J'avais gardé de la nostalgie pour l'informatique. Je parcourais des revues, je lisais des livres sur l'intelligence artificielle (fort à la mode à l'époque), j'écrivais des petits programmes inutiles, juste pour garder la main, j'apprenais les bases d'un langage ou l'autre. Et je rencontrais souvent Max sur le campus de la plaine.

Enfants, nous avions été tout le temps fourrés ensemble ; nous finissions par nous chamailler et nous battre ; adolescent, je ne le supportais plus ; à présent que nous n'habitions plus ensemble depuis quelques années, le voir de temps en temps m'amusait.

Max et moi, nous partageons le même type d'humour – moi en dilettante, lui d'une façon plus forcenée. Nous aimons les canulars, les blagues sans chute, les jeux de mots déplorables. Souvent, à l'université, nous menions des conversations absurdes pour mettre un tiers en boîte.

Dès que Max parle d'informatique, il s'enflamme. Dans ses veines, ce n'est pas du sang qui coule, c'est un flux d'informations alphanumériques et d'algorithmes. Max est immense, musclé, gras. Quand il maigrit de quelques kilos, il se sent mal à l'aise et se met à manger deux fois plus, jusqu'à les reprendre. Max a toujours peur. Maintenant, il arrive à le cacher mais, enfant, il tombait tout le temps, se faisait mal et pleurait en hurlant. Parfois, la nuit, il s'éveillait en sursaut. Il n'arrivait plus à se rendormir. Il restait assis dans l'obscurité, les yeux écarquillés et il se remémorait sans cesse son cauchemar, jusqu'à ce qu'enfin le jour se lève.

J'avais décidé, pour mon mémoire, de mélanger mes deux disciplines de prédilection, l'informatique et la critique littéraire. Le sujet, c'était la poésie informatique, c'est-à-dire l'emploi des langages informatiques pour écrire de la poésie.

Je fis des recherches exhaustives, sans le moindre résultat, sinon quelques timides tentatives de l'Oulipo. J'inventai donc les poètes, avec leur biographie et des fragments de leurs poèmes.

Je suis spécialement fier de Peter Cleven, un Américain paranoïaque, employé d'UNIVAC qui, dans les années 60, aurait composé des jolis petits textes en cobol, incompréhensibles sans une bonne connaissance de ce langage mais, pour l'initié, musicaux et fluides comme du Verlaine. Je me suis bien amusé avec Sven Nögrad, Boris Kourechov et Ari Berelson. Mon pseudo-poète préféré reste Shahi Poone, de Bombay.

Contrairement à mes autres créations, Shahi Poone n'avait écrit qu'une seule œuvre – mais quelle œuvre ! Un long programme érotique en pascal ; une fois exécuté, ce programme devenait la litanie de deux amoureux, qui tentent de se rejoindre, de réincarnation en réincarnation, et ne se retrouvent jamais (un vieux sujet sanscrit). C'était le programme, aléatoirement, qui définissait les différentes réincarnations humaines et animales, ce qui donnait deux listes parallèles : «... Moi la girafe, toi le voleur / Moi le Roi, toi le mendiant / Moi le poisson, toi l'aigle / Moi le lombric, toi le moine... », etc.

J'espérais que l'on découvre ma supercherie. Je voulais faire scandale. Mais nous sommes en Belgique : à ma défense publique ne vinrent que mon directeur de mémoire et son assesseur ; ils avaient parcouru mon écrit sans le comprendre ; ils m'écoutèrent présenter mon exposé ; me posèrent deux ou trois questions poliment idiotes ; me mirent la cote maximale.

À quinze ans, j'entendis pour la première fois parler de la maladie, par des journaux ou un ami. On appelait cela « le cancer des homos » ; puis, c'est devenu « AIDS» ou « sida ». Peu à peu, la maladie se rapprocha de moi, d'abord par rumeurs – un tel l'aurait, un tel autre aussi – ensuite vinrent les premiers morts, des connaissances de connaissances ; des gens que je n'avais vus qu'une fois ; des amis, de plus en plus proches.

Un jour, ce fut Pierre.

Je me suis beaucoup occupé de Pierre. Je l'ai vu qui déclinait. Je l'ai vu désespérer, se ressaisir. Je l'ai vu lentement s'éteindre.

Il voulait revoir ses parents une dernière fois, avant de mourir. Il s'était violemment séparé d'eux après leur avoir révélé qu'il était homo : ils avaient parlé de « perversion », de le « guérir », ce genre de choses. Son père l'avait même frappé.

Ses parents habitaient dans les Ardennes. Je leur téléphonai. Une voix de femme, stridente, me répondit. Je lui expliquai que j'étais un ami de leur fils, qu'il était très malade, et que je voulais venir chez eux, leur parler, le plus tôt possible.

J'entendis la respiration de la femme s'enfler, s'accélérer. Elle demanda d'une voix encore plus stridente : « Malade ? Très malade ?

– Oui.

– Il a le... ? »

Elle n'arrivait pas à prononcer le mot.

« Il a le sida », lui dis-je.

De nouveau, il y eut un blanc. Je l'entendis plusieurs fois avaler sa salive. Elle me demanda si je pourrais passer chez eux, le week-end ; j'acceptai.

La samedi d'après, je roulais jusqu'à leur village, à une heure et demie de Bruxelles. Le chauffage de ma voiture était fichu depuis le printemps mais je n'avais eu ni le temps ni le courage de le réparer et, surtout, j'hésitais : ne ferais-je pas mieux d'acheter une voiture neuve, ne serait-ce pas, en fait, plus économique ?

J'avais donc très froid.

Je réussis à me perdre dans les cinq rues du village. Un enfant finit par me conduire jusqu'à une maison informe, en briques rouges. Derrière la maison commençait la forêt.

Je sonnai.

Je m'attendais à des monstres. Ce n'étaient que des gens ordinaires, ni beaux ni laids, des réseaux de rides, de mimiques et d'accents, où je pouvais retrouver, çà et là, des fragments de Pierre, et autant le Pierre d'avant la maladie que le Pierre squelettique actuel.

La mère de Pierre m'offrit un café dans un bol, qu'elle noya de lait. Je bus à petits coups. Ils me regardaient boire, la mère avec un petit sourire crispé, le père grave. Quand j'eus terminé, le père me dit : « Venez avec moi. Dehors. »

Il m'entraîna dans la forêt. J'avais peine à suivre le rythme régulier de sa marche. On le sentait solide, habitué à l'effort physique, insensible aux rigueurs du climat, tout le contraire de moi. Après cent mètres, j'étais déjà fatigué, le bas de mon pantalon de velours presque neuf se crottait, mais je ne pouvais pas ralentir la marche. Pour Pierre, je devais tenir.

Enfin, le père s'arrêta dans un sous-bois. Il s'adossa à un chêne, les bras croisés. Il me semblait aussi large et massif que l'arbre.

Il ficha son regard sombre dans le mien. Il me demanda : « Vous êtes son...? » Il répugnait à terminer sa phrase. Je lui fis non de la tête.

Il me demanda encore : « Vous aussi, vous êtes un... ? » Là, je le sentais qui tentait de dire le mot, qui le mâchouillait pour le faire sortir, mais ne pouvait s'y résoudre. « Oui, ai-je répondu. Je suis homosexuel. »

Il me regarda presque effrayé.

« Il est en train de mourir ? (Il s'était détourné et il laissait sa main droite caresser l'écorce du chêne.)

– Oui. Il veut vous voir. »

Il se remit en marche, sans un mot, jusqu'à la maison de briques rouges.

La mère de Pierre tenta de me retenir pour dîner, elle insista, proche des larmes, mais je ne pouvais plus supporter cet intérieur de mauvais goût, ni leurs regards lourds, ni mon impuissance. Je prétextai un rendez-vous. Je rentrai à Bruxelles.

Je n'allai pas voir Pierre les jours suivants. Je ne savais pas quoi lui dire. Cette expédition chez ses parents, était-ce une réussite ? Un échec ? J'avais de la peine à le dire.

Une semaine plus tard, je reçus un coup de téléphone de la mère de Pierre : ils rendaient visite à leur fils le jeudi suivant. Ils me demandaient d'être présent.

Je les attendis devant la chambre d'hôpital. D'abord, je ne les reconnus pas : ils étaient endimanchés ; elle, maquillée, lui portant un costume bleu roi, dans lequel il ressemblait encore plus à son fils.

Je leur serrai la main. Je sentis la mère sur le point de m'embrasser, et qui se retenait au dernier moment. Le père évitait mon regard.

Ils entrèrent dans la chambre.

Pierre leur sourit et leur dit, naturellement, comme s'il les avait quittés la veille : « Bonjour Maman. Bonjour Papa. »

Le père ne bougeait pas. Il regardait son fils squelettique, ces yeux cernés d'une croûte jaune, ce visage constellé de taches, ces cheveux rares et plus blancs que les siens, cette bouche asséchée. Il pleura. Sans un mot, il s'approcha de Pierre et le prit dans ses bras.

Je sortis précipitamment. J'attendis devant la porte.

Deux heures plus tard, ils sortaient. Le père me lança un regard mauvais : « J'aurais préféré ne pas le voir dans cet état. » Je me tournai vers mes chaussures. Je serrai les poings (je me préparais à le frapper).

« Ce n'est pas pour vous que je fais cela. C'est pour Pierre. C'est lui qui meurt. Pas vous. »

Je restai encore là, un moment, à détailler mes chaussures, à parcourir le dessin aléatoire de mes lacets, à chercher dans le cuir les reflets des néons. Quand je relevai la tête, les parents de Pierre avaient disparu.

Un mois et demi plus tard, Pierre mourait.

J'avais entendu trop de fois cette petite phrase : « Je suis séropositif. »

Je n'avais pas peur de cette maladie : j'étais prudent. Je prenais des précautions. Pour moi, le caoutchouc d'un préservatif a une connotation sexuelle. Son odeur et sa consistance m'excitent.

Je n'aurais jamais dû attraper cette maladie.

C'est à cette époque que je compris que tout le monde, dans ma famille, savait que j'étais homo. Ils ne m'en parlèrent jamais directement, pas même ma mère ou mon père. Mais, devant moi, ils ne mentionnaient jamais l'épidémie, n'utilisaient jamais le mot « sida » ; si quelqu'un d'extérieur évoquait le sujet, ils s'arrangeaient pour faire dévier la conversation.

À l'université, au début de la première candidature, je rencontrai Marie.

J'avais manqué plusieurs fois un cours de critique historique. Je ne connaissais encore personne dans mon année. Je passais de banc en banc et je demandais à chacun s'il pouvait me prêter les notes. Certains balbutiaient des justifications oiseuses ; d'autres se lançaient dans de grandes explications que je n'écoutais pas ; d'autres, encore, affirmaient que leur notes étaient illisibles.

La dernière personne, une jeune fille, assise à la dernière rangée, me regarda sans un mot, avec une suspicion narquoise. Elle était plutôt jolie, frêle, avec un gros nez au bout rond fendu.

Elle prit son classeur, l'ouvrit et en sortit une dizaine de pages. Elle me les tendit. Elle demanda : « Tu me payes comment ? »

Je restai un moment étonné, sans arriver à répondre.

« En nature ? » Après une pause : «Œufs ? Vache ? Pain ? Cochon ? »

Marie avait un humour étrange et pince-sans-rire. Elle prenait souvent des attitudes à la Humphrey Bogart, le regard bas et lourd de sens, la cigarette au coin de la bouche et, le plus sereinement possible, elle sortait des énormités. J'adore les femmes qui ont de l'humour.

Le lendemain, je lui apportai un carton d'œufs (des œufs bruns, évidemment, je déteste l'arrière-goût des blancs). Cela la fit rire. Elle riait en gardant sa bouche presque fermée, pour cacher ses dents de travers. Comme il était midi, elle me proposa de manger les œufs avec elle.

Elle venait de Tournai. Elle louait très cher un kot près de l'université, une mansarde minuscule. Le plafond en pente était si bas que, debout, je devais me tenir courbé.

Ce fut un repas joyeux, entrecoupé de fous rires. Par la suite, nous ne nous quittâmes plus. Peut-être était-elle amoureuse de moi ? Je ne le crois pas. De toute façon, j'étais honnête : je ne lui cachais pas mon homosexualité.

Nous avions été voir un film idiot, une comédie française, à l'Eldorado, et nous cherchions un café pour boire un verre.

C'était samedi soir ; les cafés étaient tous pleins. Enfin, au Cirio, une table se libéra juste devant nous. Mon regard accrocha la silhouette de mon cousin Yossi, assis face à moi, tout seul, qui regardait fixement sa chope de Blanche.

Je ne me sens pas très proche de Yossi. Je ne le vois que tous les deux, trois mois, aux réunions familiales. Je ne le trouve ni sympathique ni désagréable. Je préfère d'autres Rabinovitch, plus chiants mais plus intéressants, comme sa mère, tante Sarah, ou mon grand-oncle Arié, ou les cousines en « ine ». À côté d'eux, Yossi fait figure de Rabinovitch de seconde catégorie, de Rabinovitch de réserve.

Yossi m'aperçut. Il se leva et vint à notre table, pour me saluer. Je me sentis obligé de l'inviter à s'asseoir avec nous ; il refusa ; j'insistai, pour la forme ; il en profita pour accepter.

Je croyais qu'il allait ennuyer Marie. Après quelques échanges de phrases qui se voulaient spirituelles, je me rendis compte qu'il tentait de la draguer. Cela me catastropha. Je finis par comprendre qu'elle se laissait charmer. Cela me catastropha encore plus.

Ils faisaient partie de deux mondes qui jamais n'auraient dû se rencontrer.

Ils sortirent ensemble, habitèrent ensemble, devinrent un couple établi, officiel, presque marié. J'étais un peu jaloux : je ne voyais plus Marie seule, mais toujours avec Yossi, aux réunions de famille, tous les deux, trois mois. Il m'avait volé mon amie.

Ils avaient l'air heureux ; ils se faisaient des mamours devant tout le monde ; Marie appelait Yossi « mon cœur », et Yossi rougissait. Je les trouvais de plus en plus mal assortis.

Ils parlèrent de mariage. Puis ils n'en parlèrent plus. Mauvais signe.

Ils finirent par se disputer devant toute la famille. Cela reste un des épisodes les plus déplaisants de l'histoire familiale des

Rabinovitch. Pour une raison étrange, je fus pris d'un fou rire, sans doute nerveux. Je dus cacher mon visage dans les mains et me pencher presque sous la table. Quand Marie sortit enfin, je réussis à m'éclipser dans les toilettes. Là, toute envie de rire me quitta. Je me regardai dans le miroir. Mon visage, dans la lumière crue, était gris et creusé.

Ce visage reste dans ma mémoire comme celui de la Mort, comme si, déjà, dans ce cabinet de toilette, je pressentais que toute cette histoire allait me tuer.

Quelques mois après la dispute de Pessah, Marie m'appela. Elle me fixa un rendez-vous dans un bar chic, au Sablon. Je crus qu'elle voulait se réconcilier avec mon cousin. Avec des pieds de plomb, je marchai depuis l'Albertine, où je faisais des recherches.

En entrant dans le bar, je parcourus plusieurs fois la salle des yeux, sans la trouver ; enfin, je la reconnus, assise juste devant moi. Elle n'avait pas changé. C'était moi qui, déjà, avais perdu l'habitude de ses traits.

Elle regardait ses ongles avec un air sérieux, concentré. Elle se rendit compte que j'étais devant elle et me fit une mine de petite fille mal à l'aise. Je l'embrassai sur les joues. Je m'assis.

Nous parlâmes de choses et d'autres. La conversation s'épuisa. Elle hésita un peu, regarda le fond de sa tasse et me dit : « Ernest, je veux un enfant. »

Je cherchai une repartie. Tout ce qui me vint fut un simple : « Ah bon ?

– Mais je ne veux pas de père, ajouta-t-elle.

– Ah bon ? fis-je encore.

– Alors j'ai pensé à toi.

– Euh...

– Euh oui ou euh non ?

– Euh... »

J'acceptai.

Nous fîmes l'amour dans son nouvel appartement, rue de la Concorde. Je fermai les yeux et je pensai à différents garçons dont j'avais été amoureux. J'essayai de ne pas remarquer son odeur de femme et, surtout, de ne pas toucher ses seins. Je réussis à m'épancher en elle. J'en ressentis une fierté inexplicable.

Je me rhabillai dans un silence presque honteux. Elle restait nue. Elle souriait, mais lointaine. J'avais déjà l'impression d'être un père et cela m'inquiétait : j'allais être un père homosexuel. Ne serait-ce pas trop perturbant pour l'enfant ? Je savais bien que Marie voulait un enfant sans père, mais je ne pouvais pas m'empêcher de me voir, tenant la main d'un petit garçon de trois ou quatre ans et lui expliquant posément le sens de la vie.

Avec une inquiétude fiévreuse, je demandai à Marie quand est-ce que son ventre s'arrondirait. Elle éclata de rire.

« Tu sais, ça ne marche que rarement en une fois. Il faudra recommencer. »

Quoi ? De nouveau lui faire l'amour ?

Je n'étais pas très sûr de réussir ce genre d'exploit plusieurs fois.

Je partis, honteux, tête basse, comme un voleur.

Deux semaines plus tard, elle me rappela. Je devais la voir tout de suite, me disait-elle.

Je crus qu'elle était tombée enceinte ; je crus ensuite, au contraire, qu'elle n'était pas enceinte et qu'elle voulait refaire un essai.

Cette fois-ci, elle m'avait donné rendez-vous dans un café des Marolles, tout près de son lieu de travail. Quand j'y entrai, elle se cacha la face en la couvrant de ses mains. Je m'assis face à elle, intrigué. Sans enlever les mains, elle prononça la phrase : « Je suis séropositive. »

D'abord je n'ai pas compris. J'ai répété les mots plusieurs fois dans ma tête, jusqu'à ce que, soudain, ils se rassemblent dans une phrase intelligible.

J'éclatai de rire.

Elle me gifla.

Sa gifle ne me fit pas mal, mais elle avait claqué si fort que tous les occupants du café s'étaient tus et s'étaient tournés vers nous, et j'avais l'impression que ces visages ravagés par la pauvreté, la vieillesse, l'alcool, ces hommes et ces femmes décatis, savaient, tous, qu'elle et moi, nous étions séropositifs, car je n'avais aucun doute : je l'étais, je ne pouvais que l'être ; j'étais un pédé, j'allais bientôt crever de la pire maladie possible et ils le savaient, tous. Il me fallut une bonne minute pour comprendre : ils ne l'avaient pas vue me frapper ; ils avaient juste entendu la gifle ; ils la voyaient, maintenant, elle, qui pleurait ; ils croyaient que c'était moi qui l'avais giflée.

Je me tournai vers Marie. « Cela ne vient pas de moi, lui dis-je. Jusqu'à toi, j'avais toujours pris mes précautions.

– Je sais. Ça vient d'avant.

– Yossi ?

– Non, quelqu'un d'autre, un ami, qui me l'a transmis, après qu'on ait rompu, Yossi et moi. Une histoire d'une nuit… Cet ami m'a téléphoné pour me dire qu'il l'avait. J'ai fait les tests. J'ai reçu les résultats hier… »

J'étais soulagé que Yossi ne soit pas séropositif.

Je savais bien que j'avais des chances d'être infecté mais, bizarrement, je ne pensais pas encore à moi. L'angoisse ne me saisirait que plus tard.

Je fis les tests.

J'étais séropositif.

Un an plus tard, je commençai à tousser, une toux sèche et râpeuse qui ne voulait pas partir. J'essayais de ne pas m'en inquiéter. Mais j'avais peur.

Mon grand-père tomba malade. Ce ne fut d'abord qu'un petit malaise. Dans l'ambulance, cela devint une attaque. Son état s'aggravait d'heure en heure.

On me prévint en retard (Max, on ne le prévint pas du tout). J'arrivai en catastrophe à l'hôpital.

En marchant dans les couloirs, opprimé par les effluves de médicaments, je pressentis que mon grand-père ne ressortirait jamais de cet hôpital. Pour moi, ces couloirs signifiaient la mort, la mort d'une douzaine d'amis déjà, ma mort à moi, qui s'approchait, de sueurs froides en taches rouges, de crachats en nausées, de médicaments en analyses, qui s'approchait, avec des à-coups, des progressions, des revirements.

Dans la chambre, toute la famille s'était rassemblée autour de mon grand-père endormi. Ses lèvres sèches restaient entrouvertes et émettaient de longs sifflements. Des tubes étaient attachés à sa peau par des bandes de papier collant. Des ventouses avaient été posées sur sa large poitrine. Tout autour, en cercle, silencieux et tendus, se tenaient les Rabinovitch.

J'avais la désagréable impression de participer à une thérapie familiale. Oncle Arié restait stupéfait, les cheveux dressés sur la tête, comme un général avant la bataille, face au vent. Dès qu'il en avait l'occasion, il vous murmurait nerveusement que tout allait bien, que tout allait de mieux en mieux, qu'il y avait de nets progrès – au milieu d'une phrase, il s'arrêtait de parler, vous faisait un grand sourire, se retournait vers son frère et le regardait avec inquiétude.

Tante Sarah ne cessait de pleurer ; sa face était labourée par des traînées sombres ; ses yeux étaient rouges ; elle avait enfin l'air d'une vieille femme.

Yossi se tenait debout, dans un coin. Il avait encore grossi. Ses joues devenaient bajoues. Son menton se doublait. Il semblait assommé et vacillait doucement, comme un alcoolique imbibé.

Sur le coup de midi, Aline passa en coup de vent. Elle pleura, sécha ses larmes, repartit travailler.

Martine annonça qu'elle viendrait mais ne vint pas.

Mon père était assis et ne quittait pas son propre père des yeux. Je n'avais jamais vu mon père aussi triste. Parfois, un médecin ou une infirmière l'appelait. Il leur parlait avec un filet de voix, avec des gestes amortis, comme freinés par l'air. Sur ses tempes, des cheveux blancs étaient apparus et se multipliaient.

Je partis. Je décidai que je voulais mon grand-père pour moi tout seul, comme quand j'étais enfant.

La nuit, je m'immisçai dans l'hôpital. Je faillis plusieurs fois être découvert par un infirmier. J'étais en sueur, faible. Je tentais de retenir ma toux.

J'entrai dans la chambre. Elle était vide de tout visiteur, de tout Rabinovitch, à part mon grand-père et moi.

Je pris la main de mon grand-père. Il ouvrit les yeux. Je lui dis : « Je vais mourir. » Aussitôt je regrettai ces mots.

Il sourit. Ses paupières se refermèrent. Je restai une demi-heure avec sa main dans la mienne. Elle était jaune, couverte de taches brunes, mais encore vigoureuse et forte. Après une demi-heure, je laissai cette main s'écouler hors de la mienne. J'écoutai sa respiration régulière et amplifiée. Je regardai l'écran de l'encéphalographe, sans le comprendre. Je partis.

Mon grand-père mourut trois semaines plus tard.

Mon état s'aggrava.

À l'enterrement de mon grand-père, habillé dans un nouveau costume noir lustré acheté, en solde, spécialement pour l'occasion, je marchais derrière le corbillard, entouré de sept

Rabinovitch. Il y avait là mon grand-oncle Arié, ma grande-tante Sarah, mes cousines Martine et Aline (Martine était enceinte), mon cousin Yossi, mon frère Max et mon père, qui pleurait dans le creux de son bras.

Je ne pleurais pas. Je me concentrais sur mes pas pour ne pas vaciller. Je ne voulais surtout pas que les autres s'aperçoivent que j'étais malade. Quelqu'un – une femme, je crois – me dit que j'avais maigri, mais c'était un compliment.

Peu à peu, mes pas commencèrent à se succéder mécaniquement sans que je doive réfléchir. Je me mis à regarder ces visages où, comme en échos, en variantes, en rappels, étaient disséminées des éléments du visage d'Élie Rabinovitch, mon grand-père.

Parmi notre groupe compact s'était glissé un vieil homme terriblement maigre, pas ridé mais momifié, le dos rond, les yeux fiévreux, les cheveux blancs et très courts. Il portait un vieux costume noir qu'on devinait poussiéreux. Il marmonnait en hochant la tête.

Personne ne semblait le remarquer. C'était comme un fantôme, qui marchait parmi eux et que moi seul pouvait apercevoir.

Il n'était probablement pas de notre famille. Il ne ressemblait pas à un Rabinovitch. Ce devait être un des multiples amis de mon grand-père et je me demandais, avec colère : pourquoi ne pouvait-il pas rester à sa place, avec les autres, derrière nous ? Pourquoi devait-il s'insinuer dans notre douleur ?

J'étais triste.

Je sentais comme une joie acide sourdre en moi, douloureuse.

Mon grand-père était mort.

J'allais mourir à mon tour.

Le ciel était dépourvu de tout nuage et le soleil, acéré par le froid, se déversait sur tous ces juifs en noir, plus élégants, plus beaux, plus laids, plus typés, plus tristes, plus joyeux que je ne les avais jamais vus. Devant nous, la longue voiture noire roulait au pas, comme si c'était mon grand-père lui-même qui prenait tout son temps pour être enterré.

Mon grand-père était mort. J'allais mourir à mon tour. J'étais heureux.

J'ai eu un visage d'enfant. Je l'ai perdu. Je suis à présent devenu un vieillard de vingt-six ans.

Je m'affaiblis. Je ne marche plus qu'en m'appuyant sur une canne très dure, taillée dans un bois exotique.

Tout s'accélère, malgré les médicaments.

Je ne vais pas vous faire le compte de mes petites maladies, vous raconter leur venue, leurs paroxysmes, leurs départs trompeurs, leurs retours. Sachez que je suis malade dix fois en même temps. Toute une histoire.

Je ne sors plus que pour faire un tour du bloc. Même cela m'épuise à présent. Je vais devoir arrêter.

Dans la rue, hier, par un hasard ironique, j'ai rencontré Aline. Elle ne m'a pas reconnu (heureusement). Moi-même je ne me reconnais plus.

Dans les miroirs, je ressemble au vieil inconnu qui était venu à l'enterrement de mon grand-père. Sans doute qu'il était un Rabinovitch, après tout.

Je me cache de la famille.

Je les aime. Mais je veux m'éteindre sans eux. Je crains leur affection, leurs débordements. Je ne veux pas la mort de mon grand-père. Elle lui convenait ; moi, elle me terrorise. Je veux mourir en silence.

Parfois je rêve d'un livre où serait consignée toute l'histoire de ma famille. Chacun écrirait un texte, un résumé de sa vie. Chaque texte serait précédé d'une photo.

Si j'en avais la force, je pourrais me documenter, interviewer les vivants, enquêter sur les morts, ou bien inventer à partir de ce que je sais, en me trompant sur les dates, la chronologie, en inversant des anecdotes, parce que c'est justement cette histoire-là, celle des Rabinovitch, mon histoire à moi, que j'aurais voulu raconter. En trahissant. En devinant. En mentant. En inventant. En aimant.

Mes forces s'épuisent. Je n'arrive presque plus à construire mes phrases. Bientôt il faudra m'hospitaliser.

Je crois qu'ici je vais poser mon stylo.

Ali Rabinovitch nous regarde tellement fixement que nous avons l'impression qu'il nous interroge. Il est sur le point de sourire pour la première fois de sa vie.

Son nez est rond comme celui de sa mère, et ses yeux verts sont clairs et lumineux, comme ceux de beaucoup de Rabinovitch. C'est le bébé le plus sombre et le plus chevelu qu'il y ait jamais eu dans cette famille.

Couleurs. Formes longues, allongées. Quoi ? Allongées. Très allongées. Quoi ?

Humide. Partout – non. Ici.

Un cri ? Un cri !

Faim !

Un long cri ! – le visage rond, caressant, plein d'odeurs, de maman, qui s'approche, lentement, qui s'approche, et les odeurs qui m'enrobent, odeurs de maman. Maman.

Son visage immense.

Son visage sur moi partout.

Lumière.

Cet ouvrage
a été reproduit et achevé d'imprimer
par l'Imprimerie Floch à Mayenne
le 24 août 1998
Photocomposition
Ateliers Graphiques de l'Ardoisière
à Bègles

N° d'éd. 349 - N° d'impr. : 44225
Dépôt légal : septembre 1998
Imprimé en France